악어는 눈물을 흘리지 않는다

악어는 눈물을 흘리지 않는다

초판 1쇄 발행 2024년 9월 20일

저자 임몽택

펴낸이 양은하
펴낸곳 들메나무 **출판등록** 2012년 5월 31일 제396-2012-0000101호
주소 (10893) 경기도 파주시 와석순환로347 218-1102호
전화 031)941-8640 **팩스** 031)624-3727
전자우편 deulmenamu@naver.com

값 17,000원
ⓒ임몽택, 2024
ISBN 979-11-86889-32-9 (03810)

철학 에세이

악어는 눈물을
흘리지 않는다

임몽택 지음

들메나무

저자의 말

인생이 출렁거리려고 그랬던가. 고1 때 헌책방에서 〈창작과 비평〉을 우연히 만났다. 당시 창비에는 내 호기심이 가득 담겨 있었고, 나는 닥치는 대로 구별 없이 내용을 훑었다. 보란 듯이 소설가가 되어 부조리 안에 숨겨진 코스모스를 드러내고 싶었다. 밀란 쿤데라를 읽고 비틀즈를 들으며 비 내리는 골목을 정처 없이 쏘다녔다. 그러다 훗날이 돼서야 "내가 할 수 있는 것은 이 의미 없는 삶에 의미의 조명을 비춰보는 일일 뿐"이라는 소설가 김승옥의 말을 공감하게 되었다.

더 이상 소설 쓰는 일이 당기지 않았다. 경영학도 나름대로 즐거움이 있었다. 과학이 아니라 예술이라는 점에서는 소설과도 닮았다. 그 때문인지, 아니면 밥벌이 때문인지 경영학을 계속하다 한양대학교에서 박사학위를 받고 광주대학교에서 30년 가까이 경영학을 가르쳤다. 그러나 톰 피터스나 짐 콜린스를 언급하면서도 마음 한편에는 항상 부조리 안에 숨겨진 코스모스를 드러내고 싶은 열망이 꿈틀거렸고 나이를 먹어서도 그것으로부터 도망치지 못했다.

그러다 정년퇴직으로 연구실에서 짐을 싸던 날 그동안 모은 책들을 버리면서 문득, 소설이 아니라도 오랫동안 천착했던 생각들을 작은 책으로라도 써야겠다는 생각이 들었다. 부랴부랴 스물 즈음부터 모은 자료와 생각들을 묶기 시작했다. 이 책은 그 결과물이다.

누군가를 가르칠 생각은 없다. 가르치기에는 세상살이가 너무 복잡하고, 내가 아는 것은 고작 봄이 와야 겨울이 끝난다는 정도이기 때문이다. 단지 살아오면서 생각했던 것들을 기록으로 남기고 싶었을 뿐이다.

2024년 유난히 뜨거웠던 여름, 광주에서

차례

2부 악어는 눈물을 흘리지 않는다

3부 포스트휴먼은 오지 않는다

1 부

왜 살아야 하는지를 아는 사람

남몰래 흐르는 눈물

열심히 노력하면 성공할 수 있을까? 능력주의는 매우 고무적인 주장으로 출발했다. 능력주의란 개인의 능력에 따라 사회적 지위나 권력이 결정되는 사회를 추구하는 정치철학이다. 그래서 성공한 사람들은 '내 성공은 내 재능과 노력 덕분'이라고 믿으며 '난 당연히 누릴 자격이 있다'고 생각한다. 맞다. 성공한 사람들은 누릴 자격이 있다. 그런데 성공을 뒷받침한 재능과 노력이 온전하게 자신이 만든 것인가를 생각해보면 누릴 자격마저도 위태롭다. 탁월한 재능은 천부적인 경우가 많다. 노력도 1차적으로는 의지가 중요하지만, 노력할 수 있는 조건이 갖춰져야 노력도 가능하다. 자신의 성공을 뒷받침하는 재능과 노력이 온전하게 자신이 만든 것은 아니라는 것이다.

루치아노 파바로티. 누구도 범접하지 못할 절대음감으로 가에 타노 도니체티의 〈남몰래 흐르는 눈물〉을 불러 세계 클래식 공연 사상 가장 긴 앙코르와 가장 많은 커튼콜을 받은 음악가. 그는 "난 전문적인 교육이 턱없이 부족한 사람이다. 가정 형편 이 어려웠지만 가난을 탓하지는 않았고, 현실은 내게 방해가 되지 않았다. 누구나 관심 그 이상의 큰 꿈을 가지고 이루겠다 는 소망만 있다면 신은 결코 이를 외면하지 않는다"고 했다. 맞 다. 그가 궁핍한 가정에서 자라 교사가 되기 위해 대학에서 교 육학을 전공했지만, 성악가가 되기 위한 희망의 끈을 놓지 않 고 끊임없이 노력한 것은 사실이다. 그러나 그의 말처럼 '관심 그 이상의 큰 꿈을 가지고 이루겠다는 소망이 있다'고 해도 아 무나 〈남몰래 흐르는 눈물〉을 불러 공연 사상 가장 긴 앙코르 와 가장 많은 커튼콜을 받지는 못한다. 파바로티의 아버지는 빵 굽는 일이 직업이었지만 교회 성가대에서 활동하는 아마추 어 테너였다. 파바로티가 이 유전자를 물려받은 것이다.

내 성공은 온전히 '내가 이룬 것'이라고 생각하는 것은 공정지 않다. 하버드대학교 교수인 마이클 샌델은 "사회가 우리의 재능에 준 보상은 우리의 행운 덕이지 우리의 업적 덕이 아님을 찾아내는 것이 필요하다"고 했다. 그는 "신의 은총인지, 어쩌다 이렇게 태어난 때문인지, 운명의 장난인지 몰라도, 덕분에 지금 여기 서 있다고 생각하는 겸손함은 우리를 갈라놓고 있는 가혹한 성공 윤리에서 돌아설 수 있게 해주고, 능력주의의 폭정을 넘어 덜 악의적이고 더 관대한 공적 삶으로 우리를 이끌어준다"고 했다.

2021년 7월. 미국의 우주기업 블루오리진이 개발한 우주선 '뉴 셰퍼드'가 지구와 우주의 경계인 고도 100km '카르만 라인'을 돌파해 우주에서 지구를 보고 돌아왔다. 우주 로켓에는 억만장자인 아마존의 CEO 베이조스와 함께 대먼이 타고 있었다. 당시 대먼은 대학 입학을 앞둔 18세 청년이었다. 경매에서 2,800만 달러를 내고 좌석을 확보한 어떤 부호가 우주여행에 참가할 수 없게 되자 대먼의 아버지가 그 좌석을 사서 아들에게 선물로 준 것이다. 대먼은 "꿈이 이뤄졌다"며 "우주비행 시간이 단 10분에 지나지 않았지만, 이미 내 인생에서 가장 특별한 10분이 될 것을 알고 있다"고 밝혔다. 그러나 그의 꿈은 그의 능력으로 이룬 것은 아니다.

성공한 사람을 폄훼하려는 것은 아니다. 그들은 타고난 재능이나 조건 외에도 끊임없는 노력과 비범함으로 남다른 성공을 이뤄냈다. 다만 여기서 말하려고 하는 것은, 성공은 온전히 '내가 이룬 것'이라는 교만한 생각을 버리고 타고난 재능이나 물려받은 조건 덕분이라는 겸손함을 보일 때 가혹한 성공 윤리에서 벗어나 세상을 더 관대한 눈으로 볼 수 있다는 것이다. 지금 어디엔가는 타고난 재능도, 물려받은 조건도 없어 남몰래 눈물을 흘리는 사람들이 있다. 그들에게 성공한 사람들이 '덕분에' 성공했다는 따뜻한 마음을 보인다면 그들의 설움도 덜어질 것이다.

아무것도 하지 않기

정신이 육체에게 말했다. "네가 어떻게 해봐. 이 사람은 내 말은 들어먹지를 않아. 네 말은 들을지도 모르잖아." 육체가 정신에게 말했다. "그럼 내가 아파볼게. 그럼 이 사람이 너를 위해 시간을 낼 거야." 독일 시인 울리히 샤퍼의 글이다. 고도 경쟁 사회에 들어서면서 많은 사람이 번아웃 상태에 놓여 있다. 번아웃은 미국 의사 허버트 프로이덴버거가 병원 의료진들이 업무에 지쳐 있는 모습을 보고 처음 사용한 용어로, 만성 업무 스트레스로 인해 몸과 마음이 탈진된 상태를 말한다.

미국 위스콘신주의 한 대학에서 〈아무것도 하지 않기〉라는 교양과목이 큰 인기를 끌고 있다고 한다. 과목명은 '아무것도 하지 않기'지만, 실제로는 충분한 수면, 마음챙김 걷기, 태극권, 명상 등을 통해 심리적 안정을 취하는 방법을 가르친다. 과목을 개설한 교수는 심한 스트레스와 과로에 시달리는 학생들을 위해 긴장을 풀어주는 기술을 개발하려 했다고 밝혔다. 미국의 철학자 윌리엄 제임스도 "긴장과 책임감과 걱정에서 벗어나 차분해지고 평화로워지며 모든 걸 받아들이게 되는 것은 내가 수없이 분석했던 내면의 평정이라는 변화, 에너지 중심의 변화 중 가장 놀라운 것이다. 무엇보다 놀라운 사실은, 그 변화가 대부분 무언가를 할 때가 아니라 그저 이완하고 짐을 내려놓을 때 일어난다는 것이다"라고 했다. 애플의 한 20대 엔지니어도 동영상 플랫폼 틱톡에 '조용히 그만두기'라는 영상을 올렸다. 그는 "조용히 그만두기란 주어진 일 이상을 해내야 한다는 사고방식에 갇히지 않는다는 의미"라며, "일은 당신의 삶이 아니다. 당신의 가치는 일의 성과로 정해질 수 없다"고 했다.

아프리카 연못에 서식하는 킬리파시는 배아기에 자신의 수명보다 길게는 4배나 더 잠을 잔다. 가뭄이 들면 연못의 물이 마르기 때문에 연못에 물이 차오를 때까지 성장을 멈추고 휴면에 들어간다. 킬리파시의 수명이 4~6개월 정도라는 것을 감안하면 짧게는 5개월에서 최대 2년까지 휴면에 돌입하여 생명을 연장하는 것이다. 휴면 기간 동안 세포 분열과 조직 발달에 관여하는 유전자는 억제되지만, 근육 발달과 관련된 유전자는 발현되며 노화는 일어나지 않는다. 과학자들은 킬리파시의 휴면을 가뭄 같은 악조건 속에서 생명의 위협에 맞서 진화한 것으로 추정하며, 이것이 인간 노화 억제 연구에 기여할 것으로 기대하고 있다.

사람이 킬리파시처럼 5개월, 2년을 휴면할 수는 없다. 그러나 번아웃이 되지 않으려면 틈틈이 자신만의 오두막에 들어가야 한다. 그 오두막은 자신의 방일 수도 있고 근처 공원의 한적한 벤치일 수도 있다. 일상의 자극이 차단되고 온전히 자신에게 몰입할 수 있는 곳이라면 모두 오두막이 될 수 있다. 오두막에 들어간다는 것은 세상으로부터 멀어진다는 뜻이 아니라 자기 자신과 더 많이 만나는 것을 의미한다. 그 안에서 긴장을 풀고 명상하며 자신의 정체성을 확인하고 삶의 동기를 재검토해야 한다. 그렇다고 묵언수행까지 할 필요는 없다. 다만 어떤 생각도 그래야 한다고 강요하지 않아야 한다. 고여 있는 웅덩이가 아니라 흐르는 강물처럼 자연스럽게 자신에 대해, 타인에 대해, 그리고 삶에 대해 관조하며 휴식을 취하라는 것이다. 앞만 보며 달리기만 했던 삶이 내게 의문부호로 다가올 때, 몸과 마음이 지쳐 있을 때, 나만의 오두막에서 '잠시 쉼'을 선택하는 것은 성공을 위해 무조건 달리는 것보다 훨씬 현명한 일이다.

"산길을 가다 보면 쉬는 것을 잊는다.

앉아서 쉬다 보면 가는 것을 잊는다.

소나무 그늘 아래 말을 세우고 물소리를 듣기도 한다.

뒤따르던 몇몇이 나를 앞질러 간들

제각기 갈 길을 가는 터에 무엇을 다툴 것이랴."

— 조선 성리학자 송익필의 글

너는 나의 자부심

"최고로 만들어줄게. 왜냐고? 너는 내 자부심이니까."

광고회사 이노션 월드와이드가 반려견 관련 빅데이터를 분석하여 '3펫' 트렌드를 발표했다. 교육·훈련 프로그램에 참여하는 '펫러닝(Pet + Learning)', 고급화된 전용 상품·서비스를 이용하는 '펫셔리(Pet + Luxury)', 적극적인 애정 표현과 자랑하고 싶은 마음을 담은 '펫부심(Pet + 자부심)'이다. 트렌드를 더 깊이 들여다보면 펫러닝과 펫셔리의 정점에 펫부심이 있다. 수백만 원이 넘는 명품으로 휘감은 개를 가슴에 안고 전용 유치원이나 고급 레스토랑을 다니면서 우월감을 느끼는 것이다.

개뿐만이 아니다. 아웃도어 브랜드 '잭울프스킨'의 수입사인 LS네트웍스 영업담당자가 독일 본사에 전화를 걸었다. 한국 시장은 매년 20% 이상씩 성장하니 물량을 더 달라는 전화였다. 본사는 거절했다. 팔리지도 않을 물량을 시장에 풀면 브랜드 이미지만 나빠진다는 이유였다. 그 후 독일 본사 판매책임자와 운영책임자가 다른 업무차 한국에 왔다. LS네트웍스 영업담당자는 아무런 설명도 하지 않고 그들을 청계산으로 데리고 갔다. 청계산에 다녀온 후 잭울프스킨 본사의 판매책임자는 두말없이 LS네트웍스의 물량 증대 요청을 수락했다. 그들이 본 것은 등산객들이 가벼운 옷차림으로도 오를 수 있는 산을 마치 에베레스트산을 오르는 것처럼 재킷·등산화·배낭·스틱 등으로 중무장한 모습이었다.

자부심(自負心)이란 '자기 자신 또는 자기와 관련된 것에 대해서 스스로 그 가치나 능력을 믿고 당당히 여기는 마음'이다. 취향이란 '하고 싶은 마음이 생기는 방향, 또는 그런 경향'이다.

이 둘을 조합해보면 펫러닝, 펫셔리를 즐기는 사람도, 줄을 서서 에루샤(세계 3대 명품 브랜드라고 하는 에르메스, 루이비통, 샤넬을 이르는 말)를 사는 사람도, 알피니스트 복장으로 청계산을 오르는 사람도 모두 이러한 고급스러운(?) 취향을 통해 자부심을 느끼고 싶은 사람들이라고 할 수 있다. 그러나 자부심은 당당한 마음이라고 하는데, 그런 사람들이 느끼는 당당함이란 무엇일까? 하기야 '내 돈 내 마음대로 쓴다는데 뭔 ××이여" 하면 할 말은 없다.

'명동스타사'. 서울 명동에 있던 명품 수선집이다. 주인은 50년 가까이 루이비통, 샤넬, 구찌를 만지며 살았지만 자신이 가진 명품(?)이라고는 '짝퉁 루이비통 백' 하나뿐이다. 그것도 직원들이 만들어준 것이라고 한다. 그는 자신의 전 재산 12억을 대학에 기부하면서 "제가 공부를 제대로 못 했어요. 집안 형편이 안 좋아 국민학교 마치고 바로 일을 했지요. 아는 게 부족해 살면서 애로사항이 많았어요. 40~50대쯤, 나중에 형편 되면 학교에 기부해야겠다고 마음먹었습니다"라고 했다. 그러면서 진짜인지 짝퉁인지 그런 건 신경 안 쓴다고 했다. 짝퉁도 자기 마음에 들어 아껴 쓰고 소중하게 여기면 진짜나 다름없는 것 아니냐면서.

프란치스코 교황이 이탈리아 나폴리의 한 카페를 방문했다. 교황은 에스프레소가 너무 써서 큰 잔에 커피를 붓고 뜨거운 물을 추가해서 마시고 있었다. 그 모습을 본 바리스타가 황급히 교황에게 달려왔다. "오, 교황님. 커피를 망치고 계십니다. 우리 나폴리인이 마시는 그대로 드세요. 그래야 향을 느낄 수 있습니다." 이탈리아인들은 커피는 반드시 에스프레소로 마셔야 한다고 생각한다. 이것이 자신들의 나라에서 처음 시작한 커피 추출 방식인 에스프레소에 대한 그들의 자부심이다.

이렇듯 자부심이란 '자기 자신 또는 자기와 관련된 것에 대해서 스스로 그 가치나 능력을 믿고 당당히 여기는 마음'이다. 제 아무리 값비싸고 고급스러운 명품으로 휘감아도 그것은 자부심이 아니라 취향일 뿐이다.

누군가를 안다는 것

무릇 사람의 마음은 산이나 강보다 험하고 하늘보다 알기 힘
들다. 하늘은 오히려 사계절과 아침저녁이 있으나, 사람은 두
꺼운 표정 속에 마음을 깊이 숨기고 있다. 공자의 말이다. 외모
는 성실해 보여도 교만한 사람이 있고, 겉으로는 잘나 보이지
만 실제로는 못난 사람이 있다. 신중하게 보이나 경박한 사람
이 있고, 견실하게 보이나 유약한 사람이 있고, 느린 듯하나 급
한 사람이 있다. 열 길 물속은 알아도 한 길 사람 속은 모른다
는 말까지 있을 정도로 사람의 마음을 제대로 파악하기란 쉽
지 않은 일이다.

우리가 누군가를 안다고 할 때, 우리는 그 사람의 무엇을 아는 걸까? 성격이나 가치관일까? 그의 행동양식일까? 아니면 그가 살아온 생애일까? 설령 우리가 이 중 어느 하나 또는 전부를 알고 있다 하더라도, 그것으로 그 사람을 잘 안다고 자신 있게 말할 수 있을까? 어렵다. 사람은 미묘하고 복잡하며 불가해한 존재다. 그래서 몇 가지 단서만을 가지고 그 사람을 평가하는 것은 매우 위험한 일이다. 장님 코끼리 만지는 격으로 단편적인 지식을 가지고 전체를 아는 것처럼 말하는 오류를 범할 수 있기 때문이다.

소설가 이청준이 제자에게 자신의 평전을 써달라고 부탁하면서 "평전은 쓰는 사람과 대상이 겨루는 상상력 싸움이다. 대상이 소설가일 경우는 더욱 그렇다. 소설가는 작품으로 교묘히 자기합리화를 시도했을 테니까. 어떤 경우라도 쓰는 사람의 상상력이 대상의 상상력에 지면 안 된다. 그러면 그 평전은 실패한다"고 했다고 한다. 그가 작품을 통해 '교묘히 시도한 자기합리화'는 무엇일까? 이청준의 소설을 제법 읽은 사람은 그의 생애에서 그것을 어렴풋이 짐작할 수도 있겠지만 진실은 이청준만이 알 것이다. 평전에 뭐라고 쓰였든, 평전은 글쓴이의 관점에 따라 자료를 선정하고 해석하여 쓴 비평적 전기다. 그래서 평전에 나오는 이청준은 평전의 작가가 형상화한 이청준일 뿐이다.

장흥군 회진에 가면 진목마을이 있다. 이청준의 소설《눈길》에 나오는 마을이다. 진목마을에 있는 그의 묘비에는 〈해변 아리랑〉의 일부가 새겨져 있다. "그는 늘 해변 밭 언덕가에 나와 앉아 바다의 노래를 앓고 갔다. 노래가 다했을 때 그와 그의 노래는 바다로 떠나갔다. 바다로 간 그의 노래는 반짝이는 물비늘이 되고 먼 돛배의 꿈이 되어 섬들과 바닷새와 바람의 전설로 살아갔다."

누군가를 깊이 안다는 것, 누군가를 깊이 알아가는 일은 바닷물을 뚫고 달의 소리를 듣는 것과 같다. 그래서 누군가에 대해서 말할 때는 신중해야 한다. 자신이 알고 있는 것이 잘못된 것일 수도 있고, 설령 알고 있는 바가 사실이더라도 그것이 그 사람을 온전하게 아는 것이라고 볼 수도 없다. 사람의 말과 행동은 상황을 떠나서는 제대로 이해하기 어렵고, 상황은 개인적이고 독특한 것이어서 타인의 시각으로는 어렴풋이 이해는 할 수 있겠지만 공감할 수는 없기 때문이다.

당사자가 되어보지 않는 한 그를 온전히 알 방법이 없다. 그러니 내 잣대로 남에 대한 평가를 함부로 하지 말자. 특히 누군가에 대한 부정적인 평가는 되도록 안 하는 것이 좋다. 설령 긍정적인 평가라도 감정이 실리지 않도록 자제해서 말하는 것이 좋다. 아는 것을 안다고 하고 모르는 것을 모른다고 하는 것이 진정으로 아는 것이다. 무릇 사람의 마음은 산이나 강보다 험하고 하늘보다 알기 힘들다. 하늘은 오히려 사계절과 아침저녁이 있으나 사람은 두꺼운 표정 속에 마음을 깊이 숨기고 있다는 공자의 말씀은 오늘날에도 깊이 새겨야 할 가르침이다.

눈에 뵈는 완장은

원숭이들이 숲속을 돌아다니다 우물에 비친 달을 보았다. 우두머리 원숭이가 말했다. "지금 달이 우물에 빠져 죽어가고 있는데, 세상이 어두워지지 않게 꺼내줘야겠어. 내가 나뭇가지를 잡고 너는 내 꼬리를 잡고, 그렇게 길게 이어서 늘어뜨리면 달을 꺼낼 수 있을 거야." 우두머리의 말에 따라 원숭이들은 서로의 꼬리를 잡고 우물로 들어갔지만, 달에 이르기도 전에 무게를 이기지 못한 나뭇가지가 부러져 모두 물속으로 떨어졌다. 원후취월(猿猴取月). 원숭이가 물에 뜬 달을 잡으려 한다는 것으로, 사람이 제 분수를 지키지 않으면 화를 입는다는 뜻이다.

분수를 모르고 화를 자초하는 사람들이 많아졌다. 든든한 뒷배라도 있는지 터무니없는 궤변도 모자라 보란 듯이 몰지각한 행동을 일삼는 그들을 보면 호랑이의 위세를 업고 여우가 호기를 부린다는 호가호위(狐假虎威)인 것도 같고, 사마귀가 팔을 벌려 수레를 막는다는 당랑거철(螳螂拒轍) 같기도 하다. 무엇이 됐든, 오래 지나지 않아 물에 뜬 달을 잡으려 우물로 뛰어드는 원숭이 꼴이 될 것이라는 생각에 쓴웃음이 난다.

저수지 감시원으로 임명된 종술은 노란 바탕에 파란 글씨로 '감독'이라고 새겨진 완장을 차고 마을 사람들 위에 군림하며, 읍내에 나갈 때도 완장을 차고 나간다. 급기야 완장의 힘을 과신한 종술은 자신을 고용한 저수지 주인 최 사장의 낚시까지 금지하고, 이 일로 감시원 자리에서 쫓겨난다. 결국 종술은 깜깜한 밤중에 술집 작부 부월과 함께 마을을 떠난다. 그들이 떠난 다음 날 물이 빠지는 저수지 수면 위로 종술의 완장이 떠닌다. 윤흥길의 소설 《완장》의 줄거리다. 부월은 마을을 떠나며 종술에게 말한다. "눈에 뵈는 완장은 기중 벨 볼일 없는 하빠리들이나 차는 게여! 진짜배기 완장은 눈에 뵈지도 않어! …

권력 중에서도 아무 실속 없이 넘들이 흘린 뿌시레기나 줏어 먹는 핫질이 바로 완장인 게여! 진수성찬은 말짱 다 뒷전에 숨어서 눈에 뵈지도 않는 완장들 차지란 말여!" 이것이 완장에 대한 작가의 생각이다.

지금, 분수를 모르고 나대는 사람들은 다 눈에 뵈는 완장을 찬 사람들이다. 부월의 말대로 진수성찬은 말짱 눈에 뵈지도 않는 완장들 차지인데, 뿌시레기나 주워 먹는 하빠리들이 핫질을 하고 있는 것이다. 종술이 최 사장의 속내를 몰랐듯, 분수를 모르는 그들도 눈에 뵈지 않는 완장들의 속내를 잘 모르는 것 같다. 눈에 뵈지 않는 완장들에게 하빠리는 도구다. 뒷전에 숨어서 지켜보다가 마음에 들면 뿌시레기를 던져주고 안 들면 완장을 뺏는다. 그런 뒷배를 믿고, 아니 숭배까지 하며 매달리는 하빠리들의 미래는 어떻게 될까.

깊은 바다에 사는 심해 아귀 수컷은 눈도 없고 지느러미도 없다. 암컷보다 몸이 훨씬 작은 수컷이 빛도 없고 먹이도 부족한 심해의 혹독한 환경에서 살아남기 위해 선택한 전략은 '기생'

이다. 수컷의 유일한 목적은 숙주가 되어줄 암컷을 찾는 일이다. 암컷을 만나면 암컷의 몸을 물어뜯고 파고든다. 이때 암컷의 몸에서 나오는 분비물에 수컷의 눈이 녹아 액화되면서 암컷의 몸에 달라붙는다. 이렇게 암컷과 일체화된 수컷은 암컷이 주는 혈액과 영양분에 의지하여 살아간다. 결국 더 이상 생존에 필요치 않게 된 신체 기관들은 모두 사라지고 아가미와 정자주머니만 남는다. 독립된 생명체라기보다 숙주에 기생하여 살아가는 기생충이 되는 것이다. 결국 숙주인 암컷이 죽으면 수컷도 같이 죽는다.

지금 우리 사회에서 핫질을 하는 하빠리들은 독립된 자유 대신에 기생을 선택해 생존하고 있다. 하지만 그들의 기생은 수컷 아귀보다 훨씬 초라하다. 그들은 눈도 있고 지느러미도 있으니 굳이 기생하지 않아도 살아갈 길이 얼마든지 있다. 독립이냐, 기생이냐는 그들의 선택에 달려 있다.

등번호 36번의 골키퍼

"가야 할 때가 언제인가를 분명히 알고 가는 이의 뒷모습은 얼마나 아름다운가." 이형기 시인의 시 〈낙화〉의 첫 구절이다. "봄 한철, 격정을 인내한 나의 사랑"도 언젠가 "헤어지자, 섬세한 손길을 흔들며 하롱하롱 꽃잎이 지는 어느 날"이 되듯이 사람의 일도 모두 순리에 따라야 함을 강조한다. 나무가 이듬해 봄에 성장을 위해 묵은 잎을 떨구듯, 인간도 변화를 받아들이고 자신에게 도움이 되지 않는 것은 버려야 한다는 것이다.

등번호 36번의 골키퍼. 그는 프로 입단 4년 만에 선발 출전하면서 "아무리 긴 터널도 끝은 있다고 생각하고, 산을 만나면 넘고 강을 만나면 건너자는 마음으로 하루하루 버텼다"고 했다. 그런 그가 프로 생활 7년 만에 축구장을 떠났다. 세상에는 간절히 원해도 이루어지지 않는 것이 있다는 것을 서른 즈음 되면 대충 안다며⋯ 포기하지 않고 끝내 쟁취하는 것도 훌륭한 일이지만, 훌륭함만이 삶의 정답은 아니기에 한 치의 미련도 없다는 그는 만년 비주전 선수였다. 그는 은퇴사에서 자신의 축구 인생이 완벽하지도, 위대하지도, 훌륭하지도 않았지만, 땀 흘려 노력하는 사람이 대접받는 멋진 세계에서 멋진 사람들과 함께 호흡하고, 자기 삶에 자부심을 느끼며 살아온 사실 하나만으로도 충분히 만족한다고 했다. 그리고 자신보다 열정 있고 성실한 후배들의 자리를 빼앗고 있다는 감정을 이제는 느끼지 않아도 돼 속이 후련하다고도 했다.

교황 베네딕토 16세가 자진해서 사임했다. 종신직인 교황직에서 물러나는 이유를 그는 이렇게 말했다. "저는 교황직은 본질적인 종교적 본성 때문에 언행은 물론 그 못지않게 기도와 고난으로 수행돼야 한다는 사실을 잘 알고 있습니다. 수많은 격변과 충실한 신앙생활에 대한 의문들로 흔들리는 오늘날 복음을 전파하려면 몸과 정신의 기력이 모두 필요합니다. 하느님 앞에 제 스스로를 끊임없이 성찰한 결과, 고령으로 저의 힘이 더는 교황직을 수행하는 데 적합하지 않다는 확신이 들었습니다." 1415년 이후로 생전에 사임한 교황은 그가 유일하다.

조직이나 사회는 웅덩이가 아니라 강물이 되어야 한다. 웅덩이는 비가 오면 물이 고이지만, 다 차오르면 새로운 빗방울이 유입될 수 있는 공간이 없어져 오래되면 썩거나 말라버린다. 반면에 강물은 끊임없이 흘러 새로운 빗방울이 유입될 공간을 남기기 때문에 썩지도, 마르지도 않는다. 이와 같은 이치로 조직이나 사회가 성장하고 발전하기 위해서는 새로운 시대에 걸맞은 새로운 시각과 관점을 가진 사람이 수시로 유입되어야 하며, 누군가는 그 사람들을 위해 자리를 비워줘야 한다. 이것이 성숙한 사회다.

패러다임이 바뀌고 있다. 패러다임이란 사람들의 견해나 사고를 근본적으로 규정하고 있는 테두리로서의 인식의 체계, 또는 사물에 대한 이론적인 틀을 말한다. 2세기경 그리스의 프톨레마이오스는 지구가 우주의 중심에 정지해 있고, 그 주위를 태양, 달, 행성들이 돌고 있다고 주장했다. 이 주장은 약 1,400년 동안이나 지배적인 학설로 인정되었다. 그 후 1543년에 폴란드 출신의 천문학자인 코페르니쿠스가 나타나 우주의 중심은 태양이며, 지구는 태양의 둘레를 돌고 있는 행성들 중 하나에 불과하다고 주장했다. 지금은 이 주장이 지배적인 학설이다. 이런 것을 '패러다임의 전환'이라고 한다.

지금은 디지털 시대다. 아날로그 시대의 패러다임으로는 이해할 수도, 해결할 수도 없는 일들이 너무나 많다. 아날로그의 패러다임을 가진 사람들은 디지털 시대의 변화가 불편하고 이해하기도 힘들겠지만, 시대의 변화는 지극히 자연스럽고 필수적인 삶의 일부라는 것을 깨닫고 받아들여야 한다. 그리하여 과거의 짐은 내려놓고, 새로운 시대에 맞는 새로운 길을 찾아나서야 한다. 내 것을 고집하지 않고 내가 설 자리를 돌아볼 줄 아는 유연함이 나이듦의 성숙한 자세다. 가야 할 때가 언제인지 아는 이의 뒷모습이 아름다운 이유다.

사막에 내리는 눈

우리가 올바르고 윤리적이며 표준이라 여기는 것들이 유례를 찾아볼 수 없을 정도로 빠르게 바뀌고 있다. 확실성, 신념, 그리고 늘 자명하고 영원한 진리라 믿어온 것들을 지탱하는 기둥 중 많은 것들이 이미 무너졌다. 미래학자 후안 엔리케스의 견해다. 절대적으로 옳은 것도 없고 그른 것도 없으니, 지금 사실이나 진리라고 여겨지는 것들도 수수함, 관대함, 공감, 공손함, 겸손함, 연민, 예의바름, 진실함 등의 핵심 원리를 가운데 놓고 토론해야 한다는 것이다.

미국의 한 대학생이 바다거북의 코에서 플라스틱 빨대를 빼내는 영상을 공개하자 세상이 발칵 뒤집혔다. 플라스틱 빨대를 추방하자! 그러나 플라스틱은 죄가 없다. 최초의 플라스틱은 당구공 재료로 쓰이는 코끼리 상아를 대체하려고 만들어졌다. 당시에 코끼리 한 마리로 만들 수 있는 당구공은 고작 8알이었으니 코끼리 멸종이 우려되었고, 미국 사람 하이엇이 상아의 대체재로 플라스틱을 발명한 것이다. 그렇다면 플라스틱 빨대의 대안으로 제시된 종이 빨대는 온전하게 친환경적인가? 딱히 그렇지도 않다. 종이는 목재로 만들기 때문에 삼림이 황폐화되고, 종이 생산 과정과 사용 후 처리 과정에서 다량의 온실가스와 메탄이 발생한다. 또 종이 빨대에서 유해 물질이 검출되기도 했다. '영원한 화학물질'로도 불리는 이 물질은 자연적으로 잘 분해되지 않는 데다 인체나 동식물, 환경에도 유해해 현재 세계 각국이 앞다퉈 규제를 추진 중이다.

절대적으로 옳은 것도, 그른 것도 없는 세상에서 진실과 정의를 모색하기 위해서는 비판적 사유가 필요하다. 대표적 사례가 정치적 올바름을 표방하는 'PC주의'다. 말의 표현이나 용어의 사용에서 인종·민족·언어·종교·성차별 등의 편견이 포함되지 않도록 하자는 주장이다. 당연하고 올바른 주장이다. 그러나 오늘날 PC주의는 말의 표현이나 용어의 순화를 넘어 과도하게 정치화되고 있다. 고전 영화의 명작으로 꼽히는 〈바람과 함께 사라지다〉가 '인종차별적 묘사와 노예제가 담겨 있다'는 이유로 온라인 영화 서비스사에서 서비스를 중단하고, 1970년대를 풍미한 미국 TV드라마 〈초원의 집〉의 원작자 와일더는 책 속의 '인디언과 흑인을 묘사한 부분이 인종차별'이라는 이유로 아동문학상 명단에서 제외되었다. 또 PC주의에 의해 '아메리카 인디언'이라는 표현을 '아메리카 원주민' 혹은 '퍼스트 네이션스'로 대체한다고 한다. 그러나 케빈 코스트너가 출연한 〈늑대와 춤〉을 관통하는 이미지는 '인디언'이지 '원주민'이나 '퍼스트 네이션스'는 아니다. PC주의가 지향하는 방향은 옳다. 그러나 모든 문화적 산물은 역사적 배경이 있고, 그 시대의 사회상을 대변한다. PC주의가 지나치게 만연하면 전체주의 사회가 되고, 집단적인 압력이 개인의 자유를 억압하는 현상이 생길 수 있음을 간과하면 안 된다.

이집트에 112년 만에 눈이 내렸다. 사막 지대로 한 해 강수량이 1인치도 안 되는 이 지역에 눈이 내리는 건 매우 희귀한 일이다. 태어나서 처음으로 눈을 본 이집트인들은 무척 신기해했지만, 한 번도 눈을 보지 못하고 죽은 이집트인들에게는 '사막에는 눈이 오지 않는다'가 절대적인 진리였다. 인도 벵갈주에 서식하는 찬나 안드라오라는 물고기가 있다. 푸른색 몸통에 머리는 뱀같이 생긴 이 물고기는 배를 땅에 대고 움직이는 방식으로 육지에서도 걷는다. 물 밖에서도 호흡을 할 수 있어서 최장 4일 동안 물 없이 땅 위에서도 살 수 있다고 한다. 물고기는 '척삭동물문 척추동물아문에 속하는 수생(水生) 동물'이라는 백과사전의 정의가 바뀌어야 할 판이다.

세상에 절대적인 것은 아무것도 없다. 우주에서 변하지 않는 유일한 것은 '변한다'는 사실뿐이라는 그리스 철학자 헤라클레이토스의 말이 불변의 진리다. 내가 보는 세상이 전부가 아니고, 내가 아는 것이 전부가 아님을 겸손하게 받아들일 때 비로소 나만 옳다고 우기는 아집에서 벗어날 수 있다.

새도 자신의 소리에 책임을 진다

영국의 북서부 산톤 브리지라는 시골 마을 주점에서는 매년 '세계 최대의 거짓말쟁이 대회'가 열린다. 19세기 초부터 매년 11월에 열리는 이 대회는 그럴듯한 거짓말로 손님들을 즐겁게 해주던 주인을 기념하는 대회로, 200여 년이 지난 지금도 인기를 끌고 있다. 대회 참가자들은 관중이 지켜보는 가운데 엄청난 거짓말, 그러나 심판들이 참말이라 믿을 만큼 설득력 있는 거짓말을 5분 이내에 늘어놓아야 한다. 참가 자격은 제한이 없지만 정치인과 변호사는 참가할 수 없다. 그들은 이미 거짓말에 너무 익숙하고, 거짓말 기술이 워낙 뛰어나 아마추어들이 감당할 수 없어 자격을 제한했다고 한다. 2007년 대회에서 영국의 성공회 주교가 우승 트로피를 받았는데, 그가 한 거짓말은 "나는 태어나서 한 번도 거짓말을 한 적이 없습니다"였다고 한다. 사람은 누구나 거짓말을 한다. 30년 동안 거짓말을 연구한 매사추세츠대학교의 심리학 교수 로버트 펠드먼은 처음 만나는 사람들 간의 대화에서 놀랍게도 10분에 평균 세 번의 거짓말을 한다는 것을 발견했다.

거짓말에도 색깔이 있다. 하얀 거짓말과 까만 거짓말이다. 하얀 거짓말은 다른 사람의 마음에 불쾌감이나 상처를 주지 않기 위해서 하는 선의의 거짓말로, 사회적으로 해악을 끼치지는 않는다. 반면에 까만 거짓말은 잘못을 은폐하기 위해서, 혹은 다른 사람에게 해를 끼치기 위해서 사실을 날조, 과장, 왜곡하는 것으로, 사회적으로 해악을 끼치는 파괴적 행위다.

인플루언서. 주로 소셜미디어 플랫폼에서 활동하며, 다른 사람들과 생각이나 경험을 공유하고 팔로워들에게 영향을 미치는 사람을 지칭하는 말이다. 대체로 특정 주제나 분야에 대해 전문성을 가지고 있어서 팔로워들은 인플루언서의 의견을 신뢰하며, 유명 인플루언서의 말은 추종자들에게 일종의 계시가 되기도 한다. 그러므로 인플루언서가 특정 목적을 가지고 무책임한 행동을 하거나 거짓 정보를 확산시키면 사회적 혼란이 초래된다. 따라서 인플루언서는 까만 거짓말을 하면 절대 안 된다. 설령 그 말이 거짓말이 아니라 하더라도 해석의 여지가 많은 말은 삼가야 한다. 모든 화는 입에서 나온다. "오로지 입을 지켜라. 맹렬한 불길이 집을 태우듯 입을 조심하지 않으면 입이 불길이 되어 내 몸을 태우고 말 것이다. 일체중생의 불행한 운명은 그 입에서 생기고 있다. 입은 몸을 치는 도끼요, 몸을 찌르는 칼이다." 부처님의 말씀이다.

새도 자신의 소리에 책임을 진다. 북아메리카에 사는 박새는 맹금류가 나타나면 50여 가지 소리로 포식자에 관한 정보를 동료들에게 알린다. 주로 나무 위에서 생활하는 동고비는 주변 경계가 취약하므로 박새와 무리 지어 다니면서 박새로부터 경고음을 듣고 이를 동료들과 소통한다. 동고비의 경고음은 상황에 따라 다르다. 동고비는 맹금류의 출현을 직접 인지했을 때는 짧은 단음절로 강한 경고음을 내지만, 박새로부터 경고음을 듣고 전달할 때는 불분명하고 막연한 경고음을 낸다. 포식자가 출현할 개연성은 있지만 확실하지 않다는 것을 동료들에게 분명히 알리는 것이다.

소셜미디어의 발달로 누구나 마음대로 정보를 만들고 누구나 쉽게 정보를 소비할 수 있는 시대다. 문제는 뉴스가 늘 비정상적이고 터무니없는 것을 집중 조명한다는 것이다. 신뢰받던 신문이나 방송마저도 선정적이고 파괴력 있는 정보라 생각되면 사실 여부에 대한 철저한 검증도 없이 일단 기사화하는 실정이다. 궁극적인 해결책은 거짓 정보의 원천을 봉쇄하는 길밖에 없다. 정보를 생산하고 유통시키는 사람들 모두가 동고비에게 '소리의 책임'을 배워야 한다.

꿈을 이룰 수 있는 용기

무엇을 하고 싶은가? 내 삶의 동기는 무엇인가? 누구나 한 번쯤은 품어봤을 의문이지만, 대부분은 현실의 벽에 갇혀 하고 싶은 일은 희망으로 남겨둔 채 주어진 역할을 하면서 살아간다. 그러다 보니 꿈꾸는 삶과 주어진 역할이 일치한 사람은 대체로 만족한 삶을 살지만, 그렇지 못한 사람은 주어진 역할에 몰입하지 못하고 의미도 찾지 못한 채 살아간다. 만일 자신이 후자에 속한다면 더 늦기 전에 자신의 삶을 재검토해볼 필요가 있다. 현실에 아랑곳하지 않고 자신의 길을 찾아가는 것이 비록 힘들기는 하지만 이것에 목숨을 건 사람도 있다.

2003년 7월, 테헤란의 하늘은 슬픔으로 가득 찼다. 29년간 머리가 붙은 채 살아왔던 '샴 쌍둥이' 자매가 52시간에 걸친 분리 수술 도중 모두 사망한 것이다. 라단과 랄레흐. 의료진은 수술을 극구 반대했지만 자매는 뜻을 굽히지 않았다. "성공 가능성이 반반이더라도 따로따로 살 수만 있다면 죽음도 감수하겠다"는 것이 그들의 뜻이었다. 라단은 고향인 시라즈에 남아 변호사가 되고 싶었고, 랄레흐는 테헤란으로 건너가 기자가 되고 싶었다. 장례식에서 자매의 아버지는 "신의 뜻은 더 나은 세상에서 자유롭게 살라는 것이었다"고 흐느꼈고, 묘지로 향하는 자매의 관에는 "떨어져 이제 평화롭게 잠들다"라는 글귀가 씌어 있었다. 라단과 랄레흐는 같은 세대의 이란 여성들에 비해 많은 것을 이뤄냈다. 두 사람은 모두 법대를 졸업했다. 만약 두 사람이 지금까지 살아온 것처럼 기자나 변호사 중 어느 하나를 포기했다면 지금도 어디엔가 살아 있을 것이다. 그러나 그들은 죽더라도 자신의 꿈을 '선택'했다.

알베르트 슈바이처의 가족은 아프리카에서 의사로 살겠다는 슈바이처의 생각이 얼마나 어리석은지를 일깨워주려고 많은 애를 썼다. 안톤 드보르작의 아버지 역시 아들에게 작곡가가 되지 말고 정육점 주인이 되라고 설득했다. 헨델의 아버지는 헨델이 변호사가 되기를 원했으며, 폴 세잔의 아버지는 자식이 사업가가 되기를 원했다. 아이작 뉴턴의 어머니는 뉴턴이 가족 농장을 맡아주기를 원했으며, 그가 너무 많은 책을 읽는 것을 좋아하지 않았다. 그러나 그들은 의사, 음악가, 화가, 과학자로서 자기 생을 이끌었다.

원하는 삶은 진정한 행복을 가져다준다. 자신의 선택에 따라 살면 자신의 가치관, 관심사, 열정을 적극적으로 탐색할 수 있어 내가 누구인지를 더 깊이 이해할 수 있다. 또 삶에 대한 통제력을 발휘할 수 있어 진정으로 공감하는 목표와 꿈을 추구할 수 있고, 자신이 이룬 성취가 자신이 원하는 노력과 욕구를 반영한 것이기에 삶에 더욱 만족하게 된다. 더구나 자신의 의지에 따라 살면 성공하든 실패하든, 모든 경험이 자신의 성장과 지혜를 형성하는 소중한 자산이 되어 힘들거나 부정적인 상황에 직면하더라도 자존감을 잃지 않고 주도적으로 대처하며 꿋꿋하게 나아갈 수 있다.

당신이 지금 하는 일, 혹은 앞으로 하려고 하는 일이 진정으로 당신이 하고 싶은 일인가? 그 일이 당신의 재능을 충분히 발휘할 수 있는 일인가? 아니라면, 이제부터는 당신 마음속에 살아 팔딱거리는 '그것'에 대해 한 번쯤은 진지한 고민을 해보길 바란다. 마음이 시키는 일, 안 하면 끝내 후회로 남을 게 뻔한 자신만의 꿈을 들여다봐야 한다. 현실적으로 당장 시도하기가 어렵다면 계획을 세워야 한다. 그러기 위해서는 용기가 필요하다. 앙드레 지드의 말처럼 아주 오랫동안 육지를 보지 못한다는 각오가 없이는 새로운 땅을 발견할 수 없다. 그 길이 아무리 힘들고 고통스럽더라도 이제 자신의 길을 가야 한다. 그것만이 자신의 존재를 확인하고 자신의 가치를 찾는 길이니까.

수의에는 주머니가 없다

시간, 열정, 돈, 정보, 공간. 이 중에서 당신이 가장 중요하게 생각하는 자산은 무엇인가? 글로벌 시장조사 기업 칸타가 25개국을 대상으로 진행한 조사에서 25개국 전체 응답자의 35%가 '시간'이 가장 중요한 자산이라고 응답했다. 반면에 한국 응답자는 53%가 '돈'이 가장 중요한 자산이라고 응답했다. 전체적으로는 시간이 가장 중요한 자산이라고 생각하는 비율이 제일 높은데, 우리나라 사람들만 유독 돈이 가장 중요한 자산이라고 생각하는 비율이 제일 높은 것이다. 이렇듯 한국인이 돈에 집착하는 이유는 무엇일까? 김석 건국대 철학과 교수는

〈르몽드 디플로마티크〉에 기고한 글에서 "한국인들은 돈을 좋아하는 것을 넘어 행복의 필수요소로 절대시하면서 돈을 숭배한다. 우리나라에서 돈은 이제 부를 보장하는 것뿐 아니라 권력이나 명예를 얻기 위해 반드시 필요한 대상이 되었다"고 설명했다.

셰익스피어의 희곡 《아테네의 타이먼》에서 타이먼은 황금을 손에 들고 외친다. "오, 세상 군왕들도 죽음으로 몰아넣는 사랑스러운 살인자, 부모 자식 사이도 갈라놓는 다정한 패륜아, 신성한 결혼의 침상마저 더럽히는 달콤한 배신자야! 나라와 나라 사이를 피로 물들이는 용맹한 군신아! 살짝 붉힌 뺨과 뜨거운 입김으로 눈같이 차가운 처녀의 정절을 녹여버리고 무릎을 벌리게 하는 영원불멸한 젊음의 구혼자야! 너 눈에 보이는 신이여! 물신이여! 너는 결코 합쳐질 수 없는 것들도 서로 입 맞추게 하고, 어떤 부당한 목적도 너의 화려한 능변으로 치장해 결국은 이루고 마는구나. 오, 만지기만 하면 인간의 마음을 갈대처럼 흔들어놓는 너 영혼의 시금석아!"

돈의 힘은 막강하다. 돈이 삶의 중요한 자원임은 누구도 부인할 수 없다. 그러나 돈은 삶의 수단일 뿐, 돈 자체가 삶일 수는 없다. 돈이 삶을 지배하면 주객이 전도된 것이다. 그렇게 되면 정신이 돈에 지배당하게 되어 돈과 자신을 동일시하면서 돈을 통해 자신의 힘을 과시하려 한다. 돈에 대한 집착과 강박은 갈수록 커지고, 자신의 발전과 성공의 기준은 어느새 '더 많은 돈'이 되어버린다. 그 결과 자신과 동일시한 돈이 사라지면 자신도 함께 무너지는 것이다.

미국 맨해튼에 있는 '소피텔 뉴욕 호텔' 24층에서 유능한 헤지펀드 매니저이자 수천만 달러의 순자산을 쌓은 백만장자가 뛰어내렸다. 명문 컬럼비아대를 거쳐 하버드대와 매사추세츠 공과대 대학원에서 수학하고, 철학과 문학을 좋아했으며, 대학의 조정 선수이기도 했던 남자. 방이 16개가 되는 저택에서 살고, 아름다운 아내와 함께 멋진 저녁 식사를 즐기는 성공한 월가의 헤지펀드 매니저는 왜 자살했을까? 그의 죽음에 대해 〈월스트리트저널〉은 이렇게 썼다. "그는 자신과 가족들을 위해 일군 생활을 유지하는 데 자신을 모두 소모했다. 그의 자질은 부를 쌓아올리는 데는 기여했지만, 재산을 잃을까봐 노심초사하는 공포를 막는 데는 아무런 역할을 하지 못했다. 월스트리트는 그를 성공시키고 부자가 되게 했으나, 행복은 그를 피해 갔다."

톨스토이 단편소설 《사람에게는 얼마만큼의 땅이 필요한가》의 주인공 바흠은 "출발점을 정하고 걸어나가 원하는 땅을 괭이로 표시하고, 해가 지기 전에 출발점으로 다시 돌아오면, 그 땅이 모두 당신의 땅이 된다"는 제안을 받고 1천 루블을 촌장에게 건넨다. 그는 많은 땅을 얻기 위해 멀리멀리 걸어갔다. 눈앞에 펼쳐진 아까운 땅들을 도저히 포기할 수 없었다. 그러다 정신을 차려보니 이미 해가 지고 있었다. 그는 죽을힘을 다해 출발점으로 돌아왔지만, 지친 나머지 피를 토하며 쓰러져 숨을 거두고 말았다. 그가 차지한 땅은 자신이 들어가 누울 구덩이 하나가 전부였다.

시집 한 권이 국밥 한 그릇 값이면

염치란 체면을 차릴 줄 알며 부끄러움을 아는 마음을 뜻한다. 청렴할 '염(廉)'과 마음속으로부터 느껴지는 양심의 가책으로 얼굴이 빨개지고 귀가 붉어진다는 '치(恥)'가 조합된 단어다. 언제부턴가 사회 전반적으로 염치가 사라지고 뻔뻔함이 자리를 차지하고 있다. 몰염치를 대표하는 인간상은 박지원의 소설《호질》에 등장하는 '북곽'이다. 북곽은 이름난 선비로 고을에서 추앙받는 인물이지만 과부 동리자와 통정하는 사이다.

어느 날 밤, 동리자의 아들들이 어머니와 통정하고 있는 북곽을 여우로 의심하여 몽둥이를 들고 습격하자 북곽은 혼비백산 도망치다가 그만 똥통에 빠진다. 북곽이 가까스로 똥통을 빠져나오자 이번에는 더 놀라운 일이 벌어졌다. 코앞에 호랑이 한 마리가 떡하니 버티고 있는 것이다. 북곽은 세 번 절하고 연신 머리를 조아리며 살려달라고 빌지만, 호랑이는 북곽을 더러운 선비라 비웃으며 인간의 위선과 가식을 신랄하게 비판한다. 한참이 지나 북곽이 숨을 죽이고 가만히 들어봐도 호랑이의 분부가 없어 손을 맞잡고 조심스럽게 머리를 들어보니 호랑이는 간데없고 이미 동녘이 밝았다. 마침 일하러 나온 농부가 똥이 잔뜩 묻은 몰골로 연신 머리를 조아리는 북곽을 보고 그 연유를 묻자 북곽은 시치미를 뚝 떼고 아무렇지도 않은 듯 말한다. "하늘이 비록 높다 하되 어찌 머리를 안 굽히며, 땅이 비록 두텁다 한들 얕디디지 않을쏘냐."

요즘 들어 북곽이 많아졌다. 뒷구멍으로 호박씨 까는 것도 모자라 뻔한 부정을 저지르고도 일말의 반성도 없이 온갖 교언으로 구린내를 감추고 되레 큰소리를 친다. 사람이, 그것도 많이 배웠다는 사람이 저렇게 뻔뻔할 수도 있는가. 기가 찰 일이다. 결국에는 섶을 지고 불로 뛰어드는 꼴이 되겠지만, 걱정되는 것은 보통 사람들의 수오지심(羞惡之心)이다. 우리는 어릴 때부터 잘못을 부끄러워하고 악을 미워해야 한다고 배웠다. 그런데 잘못을 해도 부끄럽게 생각하지도 않고, 악을 저지른 사람들이 고개를 빳빳이 들고 사는 세상에서 누가 수오지심을 지키려 하겠는가. 그러니 먹물깨나 먹었다는 북곽 같은 사람들이 먼저 수오지심을 보여야 보통 사람도 그 마음을 지키고 따를 것이다.

한국에서 연봉이 가장 낮은 직업은 '시인'이라고 한다. 한국직업정보원의 '직업정보'에 따르면, 시인의 평균 연봉은 조사 대상 직업 가운데 가장 낮았다. 그런데도 어떤 시인은, 시집 한 권 값이 국밥 한 그릇 값에 불과하니 들인 공에 비해 값이 너무 헐하다 싶다가도, 자신의 시집이 국밥 한 그릇만큼 사람들의 마음을 따뜻하게 덥혀줄 수는 있는지 반성한다고 했다. 그 시인의 시가 어찌 국밥 한 그릇 가치밖에 되지 않겠는가마는, 고뇌하고 부끄러워하는 시인의 모습이 요즘 세태로는 보기 드물게 청아하다.

수오지심 의지단야(羞惡之心, 義之端也). 맹자는 잘못을 부끄러워하고 미워하는 마음이 올바름의 실마리이고, 이런 마음이 없으면 사람이 아니라고 했다. 그러나 따지고 보면 수오지심도 부차적이다. 부끄러움을 느낀다는 것은 부끄러운 짓을 했다는 것을 전제로 한다. 그래서 부끄러운 짓을 하지 않으면 부끄러움을 느낄 일도 없는 것이다. 부끄러운 짓을 하지 않아야 하는 것이 마땅한데도, 부끄러운 짓을 하고도 부끄러움을 느끼지 못하는 사회가 부끄러울 따름이니 이 얼마나 황당한 일인가. 수오지심의 관점에서만 본다면 우리 사회는 위기다. 소위 높으신 분들의 인사청문회를 보고 있으면 불법을 저지르지 않은 사람이 거의 없고, 수오지심을 느끼는 사람은 더더욱 찾아볼 수가 없다. 그들은 자신의 영달(榮達)을 정의보다 더 중요하게 여기며, 내 눈의 들보는 보지 않고 남의 눈에 있는 티끌을 문제 삼아 조리돌림을 하는 뻔뻔함의 극치를 보인다. 염치와 부끄러움을 아는 마음은 인간이 비로소 인간되게 하는 기본 덕목이다. 새삼 인간다운 인간이 그리운 시대다.

당신은 존재만으로 이미 가치가 있다

한 사내가 영(靈)이 살고 있는 우물에 가서 깨달음을 얻게 해 달라고 청했다. 영은 마을에 가면 깨달음을 얻을 수 있을 거라고 말했다. 하지만 나그네가 마을에서 본 것은 철판 조각, 나무 판자, 철사가 가득 널브러져 있는 창고뿐이었다. 대체 어디에 깨달음이 있다는 것인가? 실망한 나그네는 그 후로도 오랫동안 깨달음을 찾아 여기저기를 헤맸다. 그러던 중 어느 날 여태껏 들어본 적이 없는 매혹적인 소리를 듣고 그 소리를 따라가 보니 한 노인이 시타르(인도의 전통 현악기)를 연주하고 있었다. 그 모습을 본 순간 나그네는 비로소 깨달음을 얻었다. 철판 조각은 시타르의 프렛과 브레이스였고, 철사는 현이었으며, 나무 판자는 사운딩 보드였다. 마을에서 보았을 때는 하찮게 보이던 철판 조각, 나무판자, 철사가 합해져 완벽한 조화를 이루며 매혹적인 음악을 만들어낸 것이다. 당신은 시타르의 프렛일 수도 있고, 현일 수도 있으며, 사운딩 보드가 될 수도 있다. 비록 지금의 모습이 당신이 원하는 바가 아니라 해도, 이미 당신은 시타르의 한 부분이 되어 매혹적인 음악을 만들어내는 존재로 살고 있는 것이다.

자신을 하찮은 사람으로 취급하지 말라. 그런 태도는 자신의 사고와 행동을 옭아맨다. 설령 지금까지 살아오면서 아무것도 이룬 것이 없다 해도, 존재하는 것만으로도 당신은 이미 이룬 것이다. 자신을 부정적으로 평가하거나 비하하지 말라. 마치 좋은 친구 대하듯 당신 자신에게 다정하고 따뜻하게 관용을 베풀어야 한다. 최소한 하루 한 번은 자신을 칭찬해주자. 칭찬할 만한 일이 없다면, 뭔가를 애쓴 것에 대해서라도 칭찬해야 한다. 지금까지 자신을 거부하고 비난했던 이유를 찾아보고, 그 중 어떤 잘못과 결점을 버릴 수 있을지 구체적인 개선 방법을 생각해야 한다. 아주 사소한 특성이라도 자신의 장점과 강점을 찾아내 자존감을 키워야 한다.

자존감이 높은 사람은 스스로 감정을 다스리거나 제어하는 방법을 알고 있으며, 타인에게 의존하지 않는다. 그들은 주관적인 감정을 배제하고 객관적으로 생각하려고 노력한다. 자신의 삶도 계획과 다르게 흘러갈 수 있음을 인정할 줄 알고, 그 상황을 인지하고 받아들이는 능력이 수월하다. 그들은 항상 행복할 수는 없다는 것을 알고 있으며, 슬픔이나 절망 같은 감정 역시 있는 그대로 받아들이고 그 안에서 삶의 교훈을 얻는다. 그들은 낙천적이고 관대하다. 실패해도 끊임없이 도전하며, 주변 사람들에게도 희망적인 에너지를 준다. 자존감이 높은 사람은 항상 사랑과 열정, 진심과 감사의 마음으로 가득 차 있으며, 과거에 사로잡히거나 미래에 대한 고민 대신 현재에 집중한다.

인생을 아무리 좋은 빛깔로 색칠하고 장식해도 본질의 차원에서 모든 인생은 똑같다. 인생의 진정한 가치는 고통의 부재에서만 평가할 수 있을 뿐, 향락이나 부귀영화를 얼마나 누렸는지는 중요하지 않다. 쇼펜하우어의 말이다.

미국 중부의 작은 마을에 살던 노처녀 존스가 죽었다. 묘비명은 마을 신문의 편집장이 작성하기로 했다. 그러나 너무도 평범했고 남의 눈에 띌 만한 업적을 이룬 일도 없었던 그녀의 삶에 어울릴 그럴듯한 글귀가 떠오르지 않았다. 편집장의 고민을 해결한 사람은 스포츠 담당 기자였다. 그녀의 묘비에는 다음과 같은 글귀가 새겨졌다. '살아생전 걱정이 없었던 낸시 존스의 유해가 여기 묻힌다. 노처녀로 살고 노처녀로 눈을 감다. 무안타, 무득점, 무실책.' 살면서 과한 욕심으로 허둥댈 때마다 떠올리고 싶은 브라이언 카바노프의 《희망의 씨앗을 뿌리는 사람》에 나오는 이야기다.

아무런 글도 쓰지 마라

우리는 거의 무엇이든 사고팔 수 있는 시대에 살고 있다. 시장과 돈이 효율적인 기제로 작동하는 시장경제 차원을 넘어 삶의 전 영역을 지배하는 시장사회가 된 것이다. 이렇듯 돈이 관여하는 영역이 커지니 자신도 모르게 돈이면 다 된다는 생각이 강해질 수밖에 없다. 그러다 보면 돈에 대한 균형감각을 잃게 되고, 세상의 기본적인 가치마저 돈에 지배당하는 삶이 될 수 있다. 재테크를 하는 이유가 "꿈을 이루고, 여유를 즐기고, 현실에서 당당해지기 위해서"라는 기사를 본 적이 있다. 그러나 재테크를 안 해도 꿈을 이룬 당당한 사람이 있다.

페터 노이야르. 거지 성자로 우리에게 소개된 독일인 스님이다. 대자연 속에서 나무를 돌보고 싶어서 어릴 적 꿈이 산지기였다는 그는 제지회사에서 직공 생활을 하다 한 집회에서 헝가리 소녀를 만나 사랑에 빠진다. 그러나 그녀는 2년 만에 뇌종양으로 세상을 떠난다. 상심한 페터는 인생에 아무런 뜻도 두지 못한 채 유럽을 떠돌다 인간의 욕망이 얼마나 어리석은 것인가를 깨닫고 돈 없이, 집 없이, 여자 없이 살겠다고 결심했다. 그래서 그는 집도 절도 없이 쾰른대 숲속 나무 밑에 살면서 야생 잡초의 잎을 따 먹고, 일주일에 2~3차례 근처 무기농 상점에서 유통기간이 지난 음식을 얻어다 먹고, 덕지덕지 기운 누더기 망토 하나로 겨울을 난다. 그는 "부유한 사람도 소유를 버릴 수 있고, 가난한 사람도 애착을 가질 수 있다"면서, "문제는 감각적 쾌락과 소유에 대한 집착을 버려야 한다는 것"이라고 했다.

아프리카에서 30년을 '시스터 백'으로 산 백영심 간호사. 케냐에서 4년을 보내고 나머지는 모두 아프리카 최빈국 말라위에서 보냈다. 월급을 쪼개 말라위에 유치원·초등학교·진료소를 짓고 최신식 종합병원과 간호대학 설립을 주도했다. 돈이 생기면 모두 아프리카에 쓴다는 그녀는 이렇게 말했다. "살면서 돈이 필요한 건 맞아요. 그렇지만 '돈이 제일이다'라고는 하고 싶지 않습니다. 사람들이 제 노후를 걱정하는데, 아프리카에는 고구마도 많고, 호박도 많고, 농산물도 되게 싸거든요. 내 몸 하나 입에 풀칠하고 살 수 있다는 배짱이 있어요. 지금 제가 입은 옷도 국제 구호품 시장에서 1달러 주고 산 거예요. 저한테 필요한 건 넘치도록 받고 있어요. 나눠줘야 할 만큼요."

전남 장성군 황룡면 금호리 33번지. 어떤 이의 무덤 앞에 작은 묘비가 서 있다. 보통 묘비에는 망자의 삶의 궤적이 새겨져 있는데 이 묘비에는 아무런 글도 새겨져 있지 않다. 이름하여 '백비'. 묘비가 하얀 돌이어서 백비가 아니라 아무런 글도 새겨져 있지 않아서 백비라 부른다. 이 묘비의 주인은 박수량이다.《조선왕조실록》을 편찬했던 사관이 작성한 〈졸기〉에 보면 "수량은 호남 사람이다. 초야에서 나와 좋은 벼슬을 두루 거쳤고… 일 처리가 매우 정밀하고 자세했으며, 청백함이 더욱 세상에 드러났다. 그의 아들이 일찍이 서울에 집을 지으려 하자 그가 꾸짖기를, '나는 본래 시골 태생으로 우연히 성은을 입어 이렇게까지 되었지만, 너희가 어찌 서울에 집을 지을 수 있겠는가' 하였으며… 그가 죽었을 때 집에는 저축이 조금도 없어 처첩들이 상여를 따라 고향으로 내려갈 수 없어 임금께 계청하여 겨우 장사를 지냈다"고 쓰여 있다. 박수량은 자식들에게 묘를 크게 쓰지도 말고 비석도 세우지 말라는 유언을 남겼다. 명종이 박수량의 청렴한 삶에 감동받아 서해 바다의 암석을 골라 하사하면서 "그가 어떤 사람이고 얼마만큼 청렴하고 청빈한 사람이었다를 쓰는 것 자체가 그의 청빈했던 삶을 욕되게 하는 것이니 아무런 글도 쓰지 말고 그대로 세우라"고 했다고 한다.

모두가 페터 노이야르처럼 살 수도 없고, 백영심처럼 이타적이기도 어려우며, 박수량처럼 청렴을 부리며 살 수 있는 세상도 아니다. 자본주의 사회에서는 사람답게 살기 위해 어느 정도 돈이 필요한 것은 두말할 나위가 없다. 문제는 돈에 대한 과도한 욕심이다. 처음에는 꿈을 이루고 여유를 즐기기 위해서 재테크를 하지만, 나중에는 재테크를 위해서 꿈도 미루고 여유를 포기한다. 어리석은 일이다.

우리도 이런 리더를 갖고 싶다

알프스산맥에서 스페인 군인들이 겨울 훈련을 하던 중 눈보라에 고립되어 동굴로 피신했다. 절망 속에 있던 이들은 우연히 한 부대원의 짐 속에서 지도를 발견하고 경로를 찾아 스위스 마을에 도착했다. 주민의 안내로 무사히 캠프로 귀환한 이들은 깜짝 놀랐다. 자신들이 의지해온 지도가 알프스산맥 지도가 아니라 피레네산맥 지도였던 것이다. 이 기막힌 이야기를 미국 매사추세츠 공대 마넨 교수는 "지도는 절망에 빠지는 대신에 행동에 나설 수 있는 용기를 만들어냈다"고 해석했다.

미국 최초의 소수인종 대통령 버락 오바마. 그는 취임식에서 "오늘 우리는 공포보다는 희망을, 갈등과 불화보다는 공동 목표를 선택했기 때문에 모였습니다. 우리는 오랫동안 우리의 정치를 질식시켜왔던 사소한 불만과 거짓 약속, 이전투구, 낡은 독단에 종지부를 찍기 위해 모였습니다"라고 했다. 그로부터 8년 후, 퇴임하는 대통령의 마지막 연설을 듣기 위해 미국 전역에서 수만 명이 운집했다. "저는 오늘 밤, 우리가 시작했을 때보다 더 낙관적인 태도로 이 무대를 떠납니다… 저의 동료 미국인 여러분, 여러분을 섬기는 것은 제 삶의 영예였습니다. 저는 멈추지 않을 것입니다." 취임사에서 나라의 꿈을 이야기했고, 퇴임사에서 변함없이 이어지는 국민에 대한 사랑을 이야기했던 대통령. 버락 오바마의 회고록《약속의 땅》은 출간 하루 만에 90만 부 가까이 팔렸으며, 〈뉴욕타임스〉 '2020년 최고의 책'으로 선정되었다.

1963년 8월, 워싱턴 링컨 기념관 근처에서 '일자리와 자유'를 위한 컨퍼런스가 열렸다. 노동운동가 월터 루터, 배우 말론 브랜도, 가수 존 바에즈 등 사회 각층의 유명인사들이 연사로 나

섰지만, 그날은 젊고 카리스마 넘치는 한 지도자의 날이었다. 마틴 루터 킹 주니어 목사. 그는 각기 다른 인종과 피부색과 배경을 가진 모든 국민이 함께 나누는 꿈을 이야기했다. "나에게는 꿈이 있습니다. 언젠가 이 나라가 모든 인간은 평등하게 태어났다는 것을 자명한 진실로 받아들이고, 그 진정한 의미를 신조로 살아가게 되는 날이 오리라는 꿈입니다. 언젠가는 조지아의 붉은 언덕 위에 예전에 노예였던 부모의 자식과 그 노예의 주인이었던 부모의 자식들이 형제애의 식탁에 함께 둘러앉는 날이 오리라는 꿈입니다."

리더란 꿈과 비전을 제시하는 사람이다. 지도를 제시하여 절망 대신 행동에 나설 수 있는 용기를 만들어주는 사람이다. 리더가 제시하는 비전은 집단이나 사회가 추구하는 이상적인 모습이며, 리더는 이를 실현하기 위해 전략을 개발하고 실행하는 주체이다. 그러나 단순히 비전을 제시하는 것만으로는 충분하지 않다. 비전을 구성원들과 함께 공유하고 그들의 열정과 참여를 자극할 수 있어야 한다. 이를 위해서 리더는 명확하고 직관적인 커뮤니케이션과 구성원들의 역량을 개발하고 지원하는 능력을 갖추어야 한다. 효과적인 리더십은 목표를 달성하는 것뿐만 아니라 조직 내외의 변화와 불확실성에 대응하기 위해서도 중요하다. 리더는 구성원들이 변화에 대한 공포에서 벗어나게 해주어야 한다. 더 나아가 변화 속에서 기회를 발견하고 이를 추진하는 역할을 담당해야 한다.

우리도 이런 대통령을 갖고 싶다. "오랫동안 우리의 정치를 질식시켜왔던 사소한 불만과 거짓 약속, 이전투구, 낡은 독단에 종지부를 찍기 위해 모였습니다"로 취임사를 하고, "시작했을 때보다 더 낙관적인 태도로 이 무대를 떠납니다"로 퇴임사를 하는 대통령을 보고 싶다. 그리고 약속의 땅에서 그의 회고록을 읽으며 오래오래 그를 기억하고 싶다.

여우와 고슴도치

"못생긴 꽃일수록 빨리 핀다는 거 아세요?" 산길을 가다가 동행자가 불쑥 물었다. 못생긴 꽃? 꽃도 못생긴 것이 있는가? 순간 머릿속으로 못생긴 꽃을 찾고 있는데 숲 해설가인 동행자가 피식 웃으며 말했다. "못생긴 꽃이 다른 꽃보다 빨리 피는 이유는 자신보다 더 예쁜 꽃들이 피기 전에 피어야 그나마 사람들의 눈길을 받을 수 있기 때문이에요." 사실일까? 처음 듣는 얘기라 의문이 들기는 했지만 못생긴 꽃의 발상이 기발하다는 생각이 들었다. 꽃도 경쟁에서 이기는 전략을 알고 있는 것이다.

"굼벵이도 구르는 재주가 있다." 아무리 능력이 없는 사람이라도 살펴보면 한 가지 재주는 있다는 뜻의 속담이다. 단순하지만 의미 있는 이 구절을 경영의 스승이라 불리는 피터 드러커는 "자신의 강점에 방점을 찍어라"라고 표현했다. 기업이든 개인이든, 성공하려면 자신이 가장 잘할 수 있는 것을 선택해서 집중하라는 뜻이다. 물론 다양한 분야에 재능을 보이는 사람은 많다. 그러나 많은 분야에서 탁월한 업적을 이룬 사람은 없다. 심지어 다재다능함과 창의성으로 르네상스 인간이라 불리는 레오나르도 다빈치도 해부학, 역학, 공학, 식물학, 조경 분야 등 폭넓은 분야에 재능을 보였지만 오직 미술 분야에서만 뛰어난 업적을 남겼다.

경영사상가 짐 콜린스도 위대한 기업이 되려면 '고슴도치 콘셉트'를 가져야 한다고 했다. 콜린스가 이야기한 고슴도치 콘셉트는 이사야 벌린의 수필 《고슴도치와 여우》에서 따온 개념이다. 여우와 고슴도치가 싸우면 고슴도치가 언제나 이긴다. 여우는 아는 게 많아 다양한 방법으로 고슴도치를 공격하지만, 그때마다 고슴도치는 몸을 말아 동그란 공으로 변신한다. 공 둘레에는 작은 가시가 사방으로 돋아나 있으니 제아무리 재주 많은 여우라도 가시에 찔리지 않으려면 공격을 멈춰야 한다. 짐 콜린스가 말하고 싶은 것이 바로 이것이다. 위대한 기업이 되려면 이것저것 기웃거리지 말고 회사의 강점에 근거하여 '하나의 원대한 목표'에 집중하라는 것이다.

개인도 마찬가지다. 누구나 강점을 하나씩은 가지고 있다. 그런데 사람들은 자기계발을 한답시고 자신의 강점보다는 약점을 보완하거나 개선하는 데 더 많은 노력을 기울인다. 그러나 약점은 대부분 생득적이거나 성장하면서 고착화된 것이어서 변화시키거나 개선하기가 쉽지 않다.

동물들이 학교를 만들었다. 그들은 복잡한 세상에 적응하려면 다양한 능력이 필요하다는 이유로 수영, 달리기, 오르기, 날기를 필수과목으로 정하고 모든 학생이 이수하게 했다. 그 결과 오리는 수영에서 최고점을 받았지만 달리기는 낙제했다. 오리는 보충수업을 받아야 했고, 지나치게 달리기에 몰두한 나머지 물갈퀴가 닳아 나중에는 수영마저 제대로 할 수 없게 되었다. 토끼는 달리기에서 최고점을 받았지만 수영에서는 낙제했다. 토끼는 오랜 시간 수영 연습을 하다가 나중에는 다리가 퉁퉁 불어서 달리기마저 제대로 할 수 없게 되었다. 다람쥐는 오르기는 최고점을 받았지만 날기는 낙제했다. 다람쥐는 무리하게 날기 연습을 하다가 다리까지 다쳐서 오르기도 제대로 할 수 없게 되었다. 최우수상은 수영, 달리기, 오르기, 날기 중 어느 하나도 뛰어나지 못했지만 한 과목도 낙제점은 받지 않은 뱀장어가 받았다. 교육학자 리브스 박사가 지은 우화《동물학교》에 나오는 이야기다. 당신도 뱀장어가 되고 싶은가? 그렇지 않다면 자신의 단점을 개선하는 데 시간과 에너지를 낭비하지 말고 강점을 더 강화하는 데 시간과 에너지를 집중해야 한다.

왜 살아야 하는지를 아는 사람

생명력이 강하고 성공적인 기업의 특성을 연구하는 경영컨설턴트 짐 콜린스가 베트남 전쟁에서 포로로 붙잡혀 8년 동안 셀수 없는 육체적 고문과 정신적 학대에도 굴하지 않고 살아남은 미 해군장교 제임스 본 스톡데일을 만났다. "포로수용소 생활을 이겨내지 못한 사람들은 누구였습니까?" 콜린스의 질문에 의외의 답이 돌아왔다. "낙관주의자들입니다. 그러니까… '크리스마스까지는 나갈 거야'라고 말하는 사람들입니다. 그러다가 크리스마스가 지나면 '부활절까지는 나갈 거야'라고 말합니다. 그리고 부활절이 지나면 다음에는 추수감사절, 그리고 다시 크리스마스를 고대하다 결국 상심해서 죽지요." 콜린스는 이러한 현상을 '스톡데일 패러독스'라 부르고, 막연한 낙관론이 비관적 상황을 극복하는 데 오히려 장애가 된다고 했다.

제2차 세계대전 당시 유대인이라는 이유로 아우슈비츠 등 포로수용소를 전전하다 가까스로 홀로코스트에서 살아남은 정신과 의사 빅터 프랭클. 그는 수용소에서 아내를 잃고, 기다리는 것은 죽음뿐인 아우슈비츠에서 살아 돌아와 쓴 책《삶의 의미를 찾아서》에서 같은 말을 했다. "크리스마스부터 새해 첫날까지 일주일 동안 수용소의 사망률은 그 어느 때보다 증가했다. 죄수들 대부분이 크리스마스는 집에서 맞이할 수 있을 것이라는 순진한 희망 속에서 살고 있었기 때문이다. 크리스마스가 가까워져오는데 좋은 소식이 없자 죄수들은 용기를 잃고 실의에 빠지고 말았다. 이것이 그들의 저항력에 치명적인 영향을 미쳤고, 그래서 많은 사람이 죽어갔다."

해군장교 스톡데일과 정신과 의사 프랭클이 끝까지 살아남을 수 있었던 비결은 무엇일까? 스톡데일은 이에 대해 "당시 절망적인 현실에서도 내 인생에 대한 믿음을 잃은 적이 없었고, 죽음의 포로수용소에서 풀려나리라는 희망을 단 한 번도 의심한 적이 없었다"라고 하면서 "포로수용소의 절망적인 현실을 냉정하게 직시하면서 그 현실을 받아들이고, 나 자신을 그 현실에 적응시켰다"고 했다. 프랭클도 "삶에 어떤 목적이 있다면 시련과 죽음에도 반드시 어떤 목적이 있을 것이다. 하지만 누구도 그 목적이 무엇인지 말해줄 수는 없다. 각자가 스스로 알아서 이것을 찾아야 하며, 그 해답이 요구하는 책임도 받아들여야 한다. 그렇게 해서 만약 그것을 찾아낸다면 그 사람은 어떤 모욕적인 상황에서도 계속 성숙해나갈 수 있을 것이다"라고 했다. 그는 "왜 살아야 하는지를 아는 사람은 그 어떤 상황도 견뎌낼 수 있다"라고 말하며, 비극에 직면하여 최선을 추구하는 인간의 놀라운 잠재력을 '비극적 낙관주의'라고 정의했다. 미래에 대한 믿음은 갖되, 현실은 더욱더 객관적으로 파악하고 대처하는 태도가 비극적 낙관주의다.

단명하는 기업과 장수하는 기업의 차이는 무엇일까? 네덜란드 사람 아리 드 호이스는 《살아 있는 기업, 100년의 기업》에서 기업들이 격변하는 환경에서 어떻게 오랫동안 번영할 수 있는 지에 대한 근본적인 통찰을 제시했다. 그 비결 중의 하나가 환경에 대한 민감성이다. 장수 기업들은 단순히 '미래에 어떤 일이 일어날 것인가'를 예상하는 것을 넘어서 '만약 이러이러한 일이 일어난다면 어떻게 대처해야 할 것인가'를 모색하고 이에 대한 대응 방안을 마련해두고 있었다. 그는 이것을 '미래에 대한 기억'이라고 불렀다. 미래에 대한 기억을 많이 가지고 있었기 때문에 전쟁, 공황, 기술 변화, 정치 변혁이 몰려와도 살아남을 수 있었다는 것이다.

이는 사람에게도 그대로 통용된다. 현실을 직시하고, 미래에 발생할 수 있는 일들을 예상하고, 이에 대한 대응책을 마련해둔다면 어려운 환경 속에도 살아남을 수 있다. 이것이 비극적 낙관주의다. 밤이 깊으면 곧 새날이 온다. 그러나 새날은 막연한 낙관주의자에게는 오지 않는다.

우리는 언제나 옳다는 착각

1961년 4월, 피델 카스트로의 쿠바 정부를 전복하기 위해 미국이 훈련한 1,400명의 쿠바 망명자들이 쿠바 남부를 공격했다. 케네디 대통령은 쿠바의 사회주의 정책이 자신들의 영향력을 줄어들게 할 것으로 판단하고, CIA의 도움을 받는 쿠바 망명자들이 쿠바를 공격하도록 지원했다. 그러나 공격은 실패했다. 왜 실패했을까? 당시 케네디 행정부의 고문이었던 역사학자 아서 슐레진저는 훗날 이 피그스만 침공 사건에 대해 "내가 할 수 있는 유일한 변명은 당시의 토론 분위기 때문에 소극적인 질문 몇 가지를 제기하는 것 이상으로 그 터무니없는 계획에 대한 반대 의견을 개진하지 못했다는 것이다"라고 말했다. 그는 왜 반대 의견을 적극적으로 개진하지 못했을까?

미국 심리학자 어빙 재니스는 피그스만 침공 사건을 계기로 자타가 인정하는 우수한 두뇌 집단이 왜 잘못된 결정을 내리는지를 연구하면서 '집단사고'라는 개념을 제시했다. 재니스는 집단사고를 "응집력이 강한 집단의 성원들이 어떤 현실적인 판단을 내릴 때 만장일치를 이루려고 하는 사고의 경향"이라고 정의했다. 집단사고 현상이 심해지면 그 집단은 자신들은 잘못된 결정을 내릴 수 없다는 '과신 착각'과 자신들이 절대적으로 도덕적이라는 '도덕성 착각'에 빠진다. 또한 반대 의견에 대해서는 자신들의 결정을 재고하기보다는 반대 의견을 폄훼하여 자신들의 결정을 합리화하고, 내집단이 아닌 외집단에 대해 획일적으로 부정적인 평가를 하는 고정관념을 갖게 된다. 그리고 집단의 결정에 동조를 강요하고, 설령 강요가 없더라도 구성원 스스로 집단의 결정에 의문을 제기하거나 반대 의사를 표시하는 것을 자제하는 '자기 검열' 현상이 나타난다.

오늘날 한국의 정치집단을 비롯한 많은 사회집단이 집단사고에서 벗어나지 못하고 있다. 그들은 애초에 추구했던 가치나 철학을 잊어버린 채 철저하게 집단이익 중심의 사고나 행동을 한다. 그들이 몰입하는 것은 '사고'가 아니라 '소속'이고, 구성원의 동조를 강요할 뿐만 아니라 반대 의견을 무조건 폄훼한다. 집단의 메시지를 전달하는 방식 또한 매우 강압적이고 폭력적이다. 그들이 폭력적이고 적대적인 이유에 대해서 역사학자 마이클 이그나티에프는 "집단에 대한 소속감이 강할수록 이방인에 대한 감정은 더 폭력적이고 적대적이다. 폭력 없이 강렬한 소속감을 유지하기는 힘들다. 강렬한 소속감은 개인의 양심을 주형하기 때문이다"라고 했다.

지금 우리에게 필요한 것은 집단사고가 아니라 집단지성이다. 집단지성이란 미국의 곤충학자 윌리엄 모턴 휠러가 처음 제시한 것으로, 다수의 개체들이 서로 협력하거나 경쟁하는 과정을 통해 얻게 된 집단의 지적 능력을 말한다. 휠러는 개미가 공동체로서 협업하여 거대한 개미집을 만들어내는 것을 관찰하며 개미는 개체로서는 미미하지만 군집하여 높은 지능체계를 형성한다고 했다. 집단지성의 대표적인 사례가 전 세계 네티즌이 만드는 온라인 백과사전 '위키피디아'다. 인터넷에 접속할 수 있으면 누구든 글을 쓰고 편집도 할 수 있는 이용자 참여형 백과사전으로, 무엇을 검색해도 세계 각국의 다양한 언어로 수많은 정보를 제공한다. 위키피디아는 평범한 사람들의 참여와 공유가 만들어내는 집단지성의 힘을 증명하고 있다.

현대사회의 특징은 복잡성과 가변성이 빠르게 진행된다는 점이다. 현재가 과거로부터, 미래가 현재로부터 유추되는 것이 아니라, 눈을 뜨면 과거와는 단절된 전혀 새로운 세상과 맞닥뜨리게 된다. 이러한 이유로 우리나라도 정치적·경제적·사회문화적으로 해결해야 할 과제들이 수두룩하게 쌓여가고 있다. 문제는 이러한 과제들이 굉장히 복잡하고 다면적이기 때문에 특정 집단만의 사고로는 해결할 수 없다는 것이다. 따라서 개인이나 집단의 다양한 전문성과 관점을 활용하여 시너지를 창출하는 집단지성을 발휘하며 유연하고, 혁신적이며, 효과적인 해결책을 찾아야 한다.

워비곤 호수에 사는 사람들

시간도 잊어버린 마을. 세월도 바꾸지 못한 마을. 그 마을에 사는 남자들은 한결같이 잘생겼고, 여자들은 모두 강인하며, 아이들은 모두 평균 이상의 지능을 가지고 있다. 그 마을의 이름은 '워비곤 호수'로, 미국 작가 개리슨 케일러가 자신이 진행하는 라디오 프로그램 청취율을 높이기 위해 만든 가상 마을이다. 설정 자체가 비논리적이고 현실적이지도 않지만, 청취자들은 그가 전하는 워비곤 호수의 소식을 들으며 자신도 워비곤 호수에 사는 사람으로 착각한다. 이를 두고 미국의 심리학자 토머스 길로비치는 사람은 속기 쉬운 동물이라고 하면서, 자신이 평균적인 사람에 비해 머리가 좋고, 더 공정하며, 운전을 더 잘한다는 식의 믿음을 가지는 것을 '워비곤 호수 효과'라고 했다. 성적이 좋은 학생은 시험이 지식을 제대로 측정한다고 생각하지만, 성적이 나쁜 학생은 시험이 자의적이고 불공정한 평가 도구라고 믿는다는 것이다.

조조삼소(曹操三笑). 조조가 세 번 웃는다는 뜻으로, 교만에 빠져 분수를 모르고 날뛰는 것을 비유하는 말이다. 적벽대전에서 대패해 북쪽으로 도망가던 조조가 오림(烏林) 근처에 다다라 주위를 살펴보니 산림이 빽빽하고 지세가 험준했다. 이곳에 군사를 매복해놓았으면 자신이 꼼짝없이 당했을 텐데…. 조조는 말 위에서 하늘을 처다보며 호탕하게 웃었다. 조조가 주유와 제갈량의 지략을 비웃고 있는 사이 조자룡의 군사가 몰려왔다. 다시 달아난 조조는 호로구(葫蘆口)에 이르러 지친 몸을 쉬고 있었다. 이곳에 매복해 있다가 내가 쉬고 있을 때 기습공격을 하면 어떻게 당해내겠는가…. 조조는 나무 밑에서 쉬다 크게 웃었다. 조조가 다시 비웃는 사이 장비가 장팔사모를 쥐고 나타났다. 천신만고 끝에 겨우 수십 명만 남은 군사를 이끌고 화용도(華容道) 근처에 도달한 조조는 또 한 번 말 위에서 채찍을 들고 큰소리로 웃었다. 우리가 이렇게 지쳐 있는데 군사 몇 백만 이곳에 매복해두었어도 모두 사로잡을 수 있을 것 아닌가⋯. 조조가 주유와 제갈량을 비웃는 사이 이번에는 관우가 군사를 이끌고 나타났다. 조조는 관우에게 그간의 의리를 호소해 간신히 목숨만을 부지한 채 도망쳤다.

토머스 길로비치는 '워비곤 호수 효과'가 인간의 보편적인 심리라고 했지만, 세상에는 더 유별난 사람들도 있다. 그중 으뜸이 정치인들이다. 전문적인 식견도, 자기 성찰도, 공감적 능력도 부족하면서 앉을 자리 설 자리도 모른 채 나대는 그들을 보면 '프라하의 봄'으로 널리 알려진 체코의 민주화 운동을 이끈 바츨라프 하벨의 말이 생각난다. "정치가 혐오스러운 것은 그런 정치를 하는 자들 때문이지, 정치 자체가 그런 것은 아닙니다. 그자들은 거짓말을 하고 있습니다. 정치란 무엇보다 가장 순수한 사람들이 해야 하는 일입니다⋯ 정치는 도덕적 감수성, 스스로를 비판적으로 성찰하는 능력, 진정한 책임감, 취향과 재치, 타인과 공감하는 능력, 중용의 감각, 겸손이 중요한 영역입니다. 정치는 겸손한 사람에게 주어진 일입니다. 속일 수 없는 사람이 해야 하는 일입니다."

열반송. 고승들이 숨을 거두기 전 평생의 깨달음을 압축해 전하는 마지막 말이나 글을 뜻한다. 성철 스님처럼 자신의 죄를 고백하듯 남기기도 하지만, 열반송조차 불필요한 겉치레라고 본 스님도 있다. 8대 종정을 지낸 서암 스님은 제자가 열반송을 남겨달라고 하자 이렇게 말했다. "나에겐 그런 거 없다. 정 물으면 '그 노장, 그렇게 살다가 그렇게 갔다'고 해라. 그게 내 열반송이다." 어느 때보다 자기 겸손과 성찰이 필요한 시대다.

참을 수 없는 말의 가벼움

《참을 수 없는 존재의 가벼움》. 금세기 최고의 소설가 중 한 사람으로 평가받는 밀란 쿤데라의 대표작이다. 무거운 역사의 상처와 개인적 트라우마를 어깨에 걸치고 사는 네 사람의 삶과 사랑을 그린 이 소설은 한국에서도 100만 부 이상 팔렸다. 작품이 지닌 섬세한 문장력과 탁월한 문학적 깊이 때문이겠지만, 소설의 제목도 한몫한 것으로 생각된다. 이 소설이 널리 알려진 후 '참을 수 없는 ○○의 가벼움'과 같은 시리즈가 유행했으니 말이다. 나 역시 이 매력적인 제목을 차용하고 싶다. '참을 수 없는 말의 가벼움'으로.

지금처럼 의사나 스님이 사람들의 몸과 마음을 치료하기 위해 열성적으로 애쓰던 시대가 있었던가? 유튜브를 열면 의사나 스님들의 영상이 차고 넘친다. 의사들은 무좀에서 뇌졸중에 이르기까지 히포크라테스가 되어 거침없이 처방을 쏟아내고, 스님들은 법문인지 잡문인지 모를 알쏭달쏭한 말을 《금강경》 읽듯 중얼거린다. 심지어는 부부의 성이나 가정생활까지 참견하는 상상력이 뛰어난 스님도 있다. 고맙다. 이렇게 감사할 데가 있나. 그러나 세상 어디에도 똑같은 몸과 마음이 없고 똑같은 상황도 존재하지 않는다. 그러니 의사나 스님들이 유튜브에 나와서 하는 말은 아무리 좋게 봐줘도 어느 한 사람에게나 겨우 맞을 법한 것들이다. 물론 의사나 스님들의 유튜브 영상이 전혀 가치가 없다는 것은 아니다. '좋아요'와 '구독' 값을 하려면 자신들의 말이 가진 한계점, 예컨대 개인차나 상황이 고려되지 않았다는 점을 명확하게 밝히고 조심스럽게, 아주 조심스럽게 말해야 한다는 것이다.

동물행동학자로 꽤 유명한 어느 교수가 한국의 저출산율에 대해 언급하면서, 한국 사람들은 진화적인 관점에서 보면 기가 막히게 적응을 잘하는 민족으로 정말 똑똑한 사람들이라 했다고 한다. 새끼를 낳아서 기를 수 없는 상황에서 새끼를 낳는 동물은 절대로 유리한 상황을 만들어낼 수 없으니 지금 새끼를 낳는 것은 합리적인 행동이 아니고, 오히려 인구가 서서히 줄어들면 지구는 훨씬 더 살기 좋은 행성이 될 것이니 그 선도적인 역할을 대한민국이 하고 있다는 것이다.

그 교수의 말이 옳을까? 궁금해서 오픈AI의 챗GPT에게 물어봤다. 그러자 다음과 같은 답이 돌아왔다. "한국의 저출산 현상을 진화적인 관점에서 '기가 막히게 적응을 잘하고 있는 것'으로 보는 것은 적절하지 않습니다. 왜냐하면 저출산은 사회적·경제적 문제를 야기할 수 있는 중요한 문제이기 때문입니다. 출산율의 지속적인 감소는 인구 구조의 변화, 노동 인구의 감소, 사회 복지 부담 증가, 경제 성장 저하 등의 부정적인 영향을 미칠 수 있습니다. 따라서 저출산 현상을 '기가 막히게 적응을 잘하고 있는 것'으로 보는 것은 문제를 과소평가하는 것일 수 있습니다. 오히려 이러한 저출산 문제에 대한 적극적이고 효과적인 대응이 필요합니다. 이를 위해서는 출산율을 높이기 위한 다양한 정책 및 제도적 개혁이 필요하며, 사회적·경제적인 시스템의 변화가 필요합니다. 그러므로 진화적인 관점에서 보더라도 한국의 저출산 현상은 심각한 사회적 문제로 인식되어야 하며, 이를 해결하기 위한 대응이 필요합니다."

표현의 자유는 인간의 기본적인 권리다. 이상적인 사회라면 다양성과 포용성을 존중하고 모든 의견과 이념을 받아들이는 사회적 환경이 조성되어야 한다. 그러나 표현의 자유도 사회적인 제약을 받을 수 있다. 사회적으로 특정한 주제나 의견에 대해서 깊은 관심이나 기대가 존재할 때 이를 충분히 고려하지 않고 전제 없이 다른 의견을 표현하는 것은 부정적 결과를 초래할 수 있기 때문이다. 따라서 말의 신뢰성과 타당성을 갖추려면 전제 조건과 사회적 제약을 충분히 고려해야 한다. 참을 수 없는 말의 가벼움이 넘쳐나는 세상, 세상을 향한 균형 잡힌 시각과 자신의 언행이 초래할 나비효과를 신중하게 검토하는 절제된 자세가 필요하다.

돈이 없지 가오가 없냐

자존심. 남에게 굽히지 않고 자신의 품위를 스스로 지키는 마음이다. 이청준의 소설 《치질과 자존심》에는 치질 퇴치에 평생을 바친 치질 전문의 가수로 씨가 등장한다. 가수로 씨는 치질의 근본적 원인을 인간의 직립보행으로 보고, 인간이 치질의 고통으로부터 벗어나려면 짐승처럼 사지보행을 해야 한다고 주장한다. 그러나 그에 동조하는 사람은 없었고, 그는 무지와 몰이해로 인해 고통을 자초하고 있는 사람들을 보며 슬픈 나날을 보낸다. 그중에서도 가수로 씨를 못 견디게 실망시키는 환자가 있었는데, 그는 이름이 제법 알려진 언어학자였다.

그의 엉덩이는 차마 들여다볼 수 없을 정도로 환부가 부풀어 올라 엉망진창이 된 상태였는데도 결연히 처방을 거부하고 있었다. "사람이 어떻게 짐승처럼 네 발로 길 수가 있겠소!" 그는 사람이 직립보행을 하는 이유가 자존심 때문이라고 말한다. 처음에는 인간도 사지보행을 했으나 노출된 똥구멍이 부끄러워 그것을 감추려고 창자 끝을 끌어당기며 양쪽 엉덩짝을 힘껏 모아 붙이다 보니 상체가 저절로 일어서게 됐다는 것이다. 그의 말인즉, 사람들이 치질이라는 험한 고통을 감수하면서도 직립보행을 하는 이유는 부끄러운 부분, 즉 똥구멍을 감추기 위한 것이고, 이것이 곧 자존심 때문이라는 것이다.

"우리가 돈이 없지 가오가 없어?" 영화 〈베테랑〉에서 형사 서도철이 부도덕한 재벌 3세에게 매수된 동료 형사에게 한 말이다. 가오란 얼굴을 뜻하는 일본어 '카오(顔)'에서 유래한 것이지만, 여기서는 체면이나 자존심을 뜻하는 말로 쓰였다. 아무리 힘들고 어렵더라도 자존심을 버리고 구질구질하게 처신하지는 말자는 뜻이다. 영화에 나온 후 이 말은 힘든 현실에서도 자존심을 잃지 않고 살아가는 사람들에게는 순간이나마 위안이 되는 명대사로 지금도 회자되고 있다. 돈이 없지 가오가 없냐! 멋진 말이다. 이 말의 원작자는 영화배우 강수연이라고 한다. 지금은 우리 곁을 떠난 이 대배우는 풀이 죽어 있는 영화계 동료들을 보면 "야, 우리가 돈이 없지 가오가 없냐!"고 말하며 다독였다고 한다. 〈베테랑〉을 연출한 류승완 감독이 강수연의 이 말에 꽂혔다가 영화 대사로 써먹은 것이다.

한국인은 자존심을 중시하는 민족이다. 마포 양화진외국인선교사묘원에 가면 조선의 독립을 위해 무던히도 애쓰던 사람이 잠들어 있다. 웨스트민스터 사원보다 한국 땅에 묻히기를 더 원했다는 역사학자 호머 헐버트. 그는 《대한제국 멸망사》에서 "한민족은 이상과 실용이 알맞게 조화된 합리적 이상주의자, 적응성이 뛰어난 민족, 의로운 일에 과감히 돈을 쓸 줄 아는 인정 많은 민족, 굶어 죽을지언정 구걸을 하지 않는 강한 자존심을 지닌 민족"이라고 했다.

그런데 깊이 들여다보면 노출된 똥구멍이 부끄러워 감추려는 것도, 굶어 죽을지언정 구걸을 하지 않는 것도 자존심이 아니라 자존감이다. 자존심은 '제 몸을 굽히지 않고 스스로 높이는 마음'이고, 자존감은 '자신의 내재적 가치를 믿고 신뢰하며 자신을 존중하는 마음'이다. 똥구멍을 감추는 것은 부끄러움을 감추려는 것이지 자신을 높이려는 것은 아니다. 이청준이나 호머 헐버트가 자존감을 자존심으로 표현한 까닭은 자존감(자아존중감self-esteem의 줄인 말로, 미국의 철학자 윌리엄 제임스가 1890년대에 처음 사용한 용어)이 당시 우리에게 일상적으로 사용하던 용어가 아니어서일 듯싶다. 어떻든, 떳떳하고 결기 있는 삶을 살기 위해서는 자존심이 아니라 자존감이 필요하다.

자존감은 정신건강, 인간관계 등 전반적 삶의 질에 영향을 미친다. 자존감이 높은 사람은 회복력이 강하고, 실패와 도전에 주도적으로 대처하며, 미래를 긍정적으로 전망한다. 일반적으로 공감 능력이 뛰어나고 방어적이지 않으며, 진정한 관계를 더 잘 형성하기 때문에 타인과 건강한 관계를 유지할 수 있다. 또한 자존감은 내재적 동기에 뿌리를 두고 있어 자신의 가치와 열정에 부합하는 활동과 목표를 추구함으로써 장기적인 만족과 성취를 이끈다.

자존감을 높이기 위해서는 우선 자신의 강점에 집중해야 한다. 달성 가능한 목표를 세워 성취했을 때마다 자신을 위해 샴페인을 터뜨리고, 실패하더라도 긍정적인 생각으로 자신을 격려해야 한다. 또한 자신이 좋아하고 스스로 기분 좋게 만드는 활동에 시간과 돈을 투자하고, 거절하는 법도 배워야 한다. 행복한 삶에 도움이 되지 않는 일을 거절하면 자신이 원하는 자아상을 유지하면서도 불필요한 스트레스를 피할 수 있다.

"산다는 건 고통받는다는 것이고,
살아남는다는 것은
고통 속에서 의미를 찾아냄을 뜻한다."

"당신에게는 당신만의 길이 있고,
나에게는 나의 길이 있다.
옳은 길, 정확한 길, 유일한 길 같은 건
존재하지 않는다."

— 독일 철학자 니체의 글 중에서

2 부

악어는 눈물을
흘리지 않는다

가난한 삶도 누릴 수 있게

모든 사람에게는 그들이 어떤 계층에 속하더라도 공공의 삶 속에서 각자의 역할을 인정하고 존중하며, 평등의 눈으로 동료 시민을 바라볼 수 있는 존재 방식과 문화를 배울 수 있는 기회가 주어져야 한다. 하버드대학 교수 마이클 샌델이 말한 '조건의 평등'이다. 그러나 하위계층 사람들에게는 이런 기회가 주어지지 않거나, 혹여 기회가 있더라도 경제적인 어려움으로 참여가 어려운 것이 현실이다. 이렇게 되면 계층 간 거리는 더 멀어지고 사회적 연대와 공동체 의식은 점점 약해진다. 따라서 서로 이해관계를 공감하며 공동선을 추구하고 평등의 눈으로 상대방을 바라보기 위해서는 상위층이 따뜻한 마음으로 하위층을 지원해야 한다.

첼로의 구약성서로 불릴 정도로 높이 평가받는 바흐의 〈여섯 개의 무반주 첼로 모음곡〉. 이 곡을 이야기할 때 빼놓을 수 없는 사람이 스페인의 첼리스트 파블로 카살스다. 그는 1901년 처음으로 이 곡을 무대에서 공개했고, 전곡을 녹음한 음반이 세상에 나오면서 비로소 명성을 얻었다. 카살스는 무명 음악가인 아버지에게 처음 음악을 배웠다. 아버지는 아들에게 늘 이렇게 말했다. "재능을 타고났다고 우쭐대지 마라. 그것은 네가 해낸 것이 아니다. 중요한 것은 그 재능으로 무엇을 하느냐다." 아버지의 영향을 받은 카살스는 가난한 사람들이 공연 입장료 때문에 음악의 즐거움을 누릴 수 없음을 안타까워했다. 그는 '연주회 노동자협회'를 세우고, 월수입이 100달러가 안 되는 사람들만 회원으로 받아 콘서트를 열었다. 콘서트는 매번 만석이었다.

가난한 사람도 음악의 즐거움을 누릴 수 있게 만드는 것이 조건의 평등이다. 마이클 샌델은 이렇게 말했다. "성공한 사람들은 가끔 착각합니다. '내 성공은 내가 이뤄낸 거야.' 여기서부터 오만이 비롯됩니다. 나보다 운이 따라주지 않았던 사람들을 무시하면서 사회적 연대와 공동체를 무너뜨립니다. 내가 잘했기 때문에 내가 성공했다고 믿으면 타인의 입장에서 생각하기가 어렵습니다. 나보다 운이 없고 덜 가진 사람들을 향한 책임감을 느끼기도 어렵습니다. 우리는 갖추어야 할 시민의 덕, 겸손함을 회복하는 것, 우리가 빚진 것에 감사하는 마음을 가져야 합니다. 행운일 수도 있고, 내가 여기까지 올 수 있게 도와준 사람들일 수도 있겠죠."

영국의 사회비평가 토니는 "사회적 복지는 응집과 연대에 달려 있다. 그것은 단지 사회적으로 상승할 수 있는 기회가 아니라 높은 수준의 일반 문화, 그리고 강력한 공동 이해관계 의식의 존재를 내포한다. 개인의 행복은 각자가 자유롭게 새로운 안락과 명성의 자리를 찾을 수 있어야 한다는 것뿐 아니라, 존엄과 문화가 있는 삶을 살아야 함도 요구한다. 후자는 반드시 출세할 것을 요하지 않는다"고 했다.

성공한 사람들은 자신의 성공에 행운이 작용했음을 인정하고, 성공하지 못한 사람들이 자신의 자리에서 만족할 수 있도록, 그리고 그들이 공동체의 일원이라는 것을 인식할 수 있도록 방법을 찾고 지원해야 한다. 막대한 부를 쌓거나 빛나는 자리를 차지하지 못한 사람들도 고상하고 존엄한 삶을 살 수 있게 하는 것이 '조건의 평등'이다. '기회의 평등'은 기껏해야 부분적인 이상일 뿐이다. 사회적 불평등을 최소화하며 공정성을 증진하기 위해서는 조건의 평등이 필요하다. 조건의 평등은 공평하고 정의로운 사회를 구현하는 데 필수 요소이며, 이를 위해선 개인, 사회, 정부가 모두 한마음으로 나서야 한다.

내 자석아, 내 자석아

제주시 구좌읍 연안에서 남방돌고래가 죽은 새끼를 버리지 못하고 등에 업고 다니는 모습이 포착됐다. 영장류 중에는 새끼가 죽은 뒤에도 데리고 다니며 돌보는 동물이 적지 않다. 개코원숭이는 죽은 새끼의 털을 고르고 몸을 닦아주면서 길게는 열흘씩이나 돌본다. 왜 그럴까? 죽은 걸 모르는 걸까? 연구자들은 그럴 가능성은 적다고 주장한다. 어미가 죽은 새끼의 팔을 하나만 잡고 끌고 가는 등 살아 있는 새끼를 다룰 때와는 다른 행동을 하기 때문이다. 개코원숭이가 죽은 새끼를 돌보는 이유에 대해서 여러 설들이 있지만 "어미와 새끼의 유대가 진화에 있어서 너무나 강한 선택 압력이기 때문에 일단 유대가 형성되면 그 유대를 끊기 힘들다"는 설이 유력하다.

큰아들의 주벽으로 전답을 팔고, 선산을 팔고, 마침내 살던 집까지 팔아야 했던 노인(어머니)은 방학으로 집에 온 어린 자식에게 이를 차마 말하지 못하고, 새 주인의 허락을 얻어 내 집인 양 밥을 해 먹이고 하룻밤을 재운다. 다음 날 어린 자식놈을 동구 밖까지 바래다주겠다던 노인은 마을 뒷산 잿길까지만 바래다주마 우겼고, 잿길을 올라선 다음에는 신작로 나설 때까지만 함께 가자고 우겼다. 모자는 미끄러지고 넘어지면서 눈길을 헤치고 차부까지 왔지만, 매정한 운전사는 차를 미처 세우지도 않고 눈 깜짝할 사이에 어린 자식놈을 싣고는 쌩하니 떠나버렸다. "그래서 어머님은 그때 어떻게 하셨어요?" 그 어린 자식이 성장해 달고 내려온 며느리의 물음에 노인은 아득한 목소리로 그날을 더듬는다. "어떻게 하기는야. 넋이 나간 사람마냥 어둠 속에 한참이나 찻길만 바라보고 있을 수밖에야… 그 허망한 마음을 어떻게 다 말할 수가 있을 거나…." "울기만 했겠냐. 오목오목 디뎌놓은 그 아그 발자국마다 한도 없는 눈물을 뿌리고 돌아왔제. 내 자석아, 내 자석아, 부디 몸이나 성히 지내거라. 부디부디 너라도 좋은 운 타서 복 받고 살거라… 눈앞이 가리도록 눈물을 떨구면서 눈물로 저 아그 앞길만 빌고 왔제….”

이청준의 소설 《눈길》 중 일부 내용이다. 모성애는 위대하다. 영국의 진화생물학자 리처드 도킨스가 모성애를 '유전자의 생존과 번식을 최대한 보장하기 위한 이기적 전략'이라고 주장했을 때 누구나 약간의 원초적 분노를 느꼈을 것이다. 모성애든 부성애든 부모의 사랑은 각별하다. 오죽하면 부모가 죽으면 앞산에 묻고 자식이 죽으면 가슴에 묻는다고 했겠는가. 근래 들어 자녀를 살해한 후 부모가 자살하는 '가족 동반자살'이 사회적으로 큰 문제가 되고 있다. 엄밀히 따지면 미성년 자식들이 자발적으로 죽음을 선택한 것은 아니니 동반자살이 아니라 '자녀 살해 후 부모 자살'이 맞다. 《고려사절요》나 《조선왕조실록》에도 세금이 과중하거나 관리의 전횡으로 하층민 가족이 모두 자살한 사례들이 언급되어 있다고 하니 '자녀 살해 후 부모 자살'은 오래전부터 있었던 모양이다.

가족 동반자살을 어떻게 봐야 할까? 우리나라에서는 아직도 '자녀 살해 후 부모 자살'의 경우 자녀 살해를 살인으로 간주하기보다 안타깝지만 불가피한 가족공동체의 결정으로 보고 부모의 행위에 대해 동정의 태도를 보이는 시선이 적지 않다. 학자들은 그 이유를 유교주의적 가족 관념에서 찾는다. 자녀를 독립된 개인이 아닌 부모의 소유물로 보기 때문에 부모가 직면한 위기는 곧 자녀의 존립 위기로 인식되고, 죽음 외의 다른 방법으로는 가족을 유지할 수 없다는 생각이 강하게 지배했다는 것이다. 그러나 외국에서는 이를 자녀 살해의 관점에서 아동 살해 혹은 자녀 살해로 구분해 부모의 자살과 별도의 문제로 다루고 있다.

'자녀 살해 후 부모 자살'은 명백한 범죄 행위다. 부모라는 이유로 내 아이의 생명을 결정할 권리는 어디에도 없다. 아직도 아이를 부모의 소유물로 생각하는 사고는 버려야 한다. 그렇지 않으면 사랑한다는 이유로, 가엾다는 이유로, 끝까지 책임진다는 이유로 이런 엄청난 범죄를 저지르는 어리석음이 반복될 것이다.

당신의 삶을 응원합니다

인간의 본성은 무엇일까? 존 로크로부터 시작된 '빈 서판 이론'은 인간의 본성이 거의 존재하지 않는다고 전제한다. "인간의 마음은 어떤 고유한 구조와도 무관하며, 사회나 개인이 그 위에 원하는 것을 마음대로 새겨 넣을 수 있다"는 것이다. 이 이론대로라면 우리는 마음에 무엇을 새겨 넣어야 할까?

유튜브 채널 '맨인블박'에 할머니 한 분이 깜깜한 밤에 횡단보도를 건너고 있는 영상이 올라왔다. 거동이 불편한 할머니는 횡단보도 신호등이 빨간불로 바뀌었는데도 왕복 8차선 도로의 중간도 건너지 못하고 있었다. 그때 도로를 운행 중이던 차량은 신호등이 파란불로 바뀌었지만 모두 움직이지 않고 비상등을 켠 채로 대기하고 있었고, 횡단보도 맞은편에는 몇몇 행인들이 걱정되는 듯 안타깝게 할머니를 지켜보고 있었다. 다행히 할머니는 사고 없이 횡단보도를 건넜다. 그제야 차들은 움직이기 시작했고, 할머니를 지켜보며 기다리던 사람들도 자리를 떴다. 따뜻한 사람들이 연출한 뭉클한 풍경이었다.

한 할머니가 편지지 두 장에 남긴 유서를 읽다 법원에서 흘릴 눈물을 다 쏟아버렸다는 판사가 책을 출간했다.《어떤 양형 이유》. 저자 박주영은 "법원은 슬프지 않은 날이 단 하루도 없었고, 눈물 그렁그렁한 눈으로 세상을 보니 온 세상이 울고 있었다"고 했다. 그는 죄질이나 전과, 피해변제 합의 여부 등을 기술하는 양형 이유를 쓸 때 피고인에게 특별히 권할 말이 있거나 사회에 메시지를 던지고 싶을 때는 공들여 쓴다. "법적 평가로 소실되어버린 구체적 인간과 그들의 고통 일부를 복원해낼 수 있었다. 그러나 그럼에도 기록 뒷면의 눈물을 전부 담을 수는 없었다. 표현되지 못한 그들의 아픔과 나의 관계는 고스란히 내 가슴에 묻어왔다."

서울 노원구 월계2동 주민센터에 설치된 '소원성취함'을 열자 어르신들의 소박한 사연이 담긴 '꿈이룸 신청서'가 쏟아졌다. 홀로 사는 만 70세 이상의 어르신 81명이 가보고 싶은 곳, 가지고 싶은 것, 해보고 싶은 것 중에서 이루고 싶은 소원을 하나씩 적어낸 것이다. 수의를 갖고 싶다, 한글과 숫자 공부를 하고 싶다, 죽기 전에 세상 구경을 하고 싶다, 냉장고를 갖고 싶다, 환자용 전동침대를 갖고 싶다, 손자에게 줄 컴퓨터를 갖고 싶다…. 모두 사회적인 도움으로 이룰 수 있는 소원이었다.

사회적 지지란 '관심과 사랑을 받고 있다는 믿음을 갖게 하는 정서적 지원, 가치를 인정받고 존중받고 있다는 믿음을 갖게 하는 존중감 지원, 상호 호혜적인 관계에 소속되어 있다는 믿음을 갖게 하는 관계망 지원'을 모두 포함하는 개념이다. 이러한 사회적 지지는 삶의 전반적인 부분에 긍정적인 영향을 미친다. 자신이 사랑과 보살핌을 받는 귀한 존재이며, 상호 호혜의 조직에 속해 있다는 믿음이 클수록 건강이나 인간관계 등

생활 전반에 대한 태도도 긍정적이다.

이해하고, 공감하며, 위로하고, 격려하자. 어려운 시기나 상황에서 사람들이 함께 지지하고 서로를 도와주면 큰 도움이 된다. 고통이나 스트레스를 겪고 있을 때 감정적인 지원과 공감을 받으면 어려움을 이겨내거나 대처할 방법을 찾는 데 큰 힘이 되기 때문이다. 더구나 사회적 지지는 자아 존중감과 자기 효능감에도 긍정적인 영향을 미친다. 상대방에게 인정받음으로써 자신감을 키울 수 있으며, 삶의 문제에 대응하기 위한 자기 효능감도 높아지는 것이다.

크림반도 알타 동물원에서 태어난 '잠볼리나'. 태어난 지 몇 주도 지나지 않아 서커스단에 입양된 잠볼리나는 10여 년을 고된 훈련과 공연을 반복하며 서커스단 곰으로 살아왔다. 공연을 제외한 대부분의 시간을 자신의 몸집보다 작은 우리에서 웅크려 지내던 잠볼리나는 국제 동물보호단체 '포포스'에 구조되어 알프스산맥에 있는 아로사 베어랜드 보호구역으로 옮겨졌다. 그러나 그것도 잠시, 치아 상태를 확인하기 위해 마취

주사를 맞은 직후 알 수 없는 이유로 사망했다. 곰이면서도 다른 곰을 한 번도 보지 못하고 한평생 홀로 살았던 잠볼리나. 언론은 그를 '세계에서 가장 외로운 곰'이라고 불렀다.

우리 모두의 책임입니다

"이거 사도 되나요?" 지자체에서 저소득층 아동에게 주는 '아동급식카드'. 이 카드로 가맹점에서 음식은 사 먹을 수 있지만, 음료 등을 살 때는 구매 제한 품목인지 물어봐야 한다. 그래서 급식카드를 쓰는 아이들은 다른 사람이 들을까봐 부끄러워 모두 나갈 때까지 기다렸다가 그마저 기어드는 소리로 이거 사도 되냐고 묻는다. 아이는 손님이 모두 나갈 때까지 편의점 구석에 숨어서 무슨 생각을 할까?

미국의 공공정책 전문가 퍼트넘이 사회경제적 양극화가 아이들의 성장과 발달에 매우 중요한 조건인 가족, 양육, 학교 교육, 공동체 등에 미치는 영향을 분석했다. 다양한 계층의 가정과 아이들의 삶을 세심하게 살펴본 결과는 어떻게 나왔을까? 누구나 노력하면 성공할 수 있다는 '아메리칸 드림'의 신화는 무너지고, 사회경제적 양극화와 부의 대물림은 심화됐으며, 이러한 현상은 사회의 미래라 할 수 있는 아이들의 뇌 발달과 정서적 성장 등 삶 전반에 결정적인 영향을 미쳤다.

양극화를 겪으며 자란 아이들은 삶을 대하는 자세부터 달랐다. 풍족한 가정에서 자란 아이는 '많은 선택권을 손에 쥐고서 미래를 자신 있게 바라보고 있는' 반면, 가난한 가정에서 자란 아이는 '인생이 내리막길로 가서 모든 것이 망가지는' 것을 두려워하며 살아가고 있었다. 퍼트넘은 "가난한 아이들이 당면하고 있는 냉혹한 현실과 사회로부터 소외된 미래는 우리의 번영을 가로막을 수 있는 위험과 별개로 민주주의를 훼손하고, 심지어 우리의 정치적 안정성마저 손상시킬 수 있다"고 했다. 퍼트넘의 주장이 미국 사회를 배경으로 나온 것이기는 하지만, 갈수록 빈부격차가 심해지는 우리 사회를 보면 꼭 남의 이야기만은 아니다.

러시아에서 너무도 가난한 나머지 자식에게 먹일 것이 없자 아이의 목을 졸라 숨지게 한 엄마가 경찰에 구속됐다. 먹을 것이 떨어졌는데 생후 한 살짜리 아들이 배가 고프다며 보채자 아이를 목 졸라 숨지게 한 뒤 집 근처의 두엄더미에 파묻었다. 그녀는 아이를 묻으며 "다시는 울지 말고, 다시는 배고픈 세상에 태어나지 말기를" 기도했다고 한다. 경찰에 체포된 그녀는 현장 검증 내내 눈물을 감추지 못한 것으로 알려졌다.

"우리는 가난한 이의 부르짖음에 공감하지 못하고, 다른 사람의 고통을 보며 울어주지 못하고, 그들을 도울 필요성을 느끼지 못하게 되었습니다. 마치 이 모든 일이 우리의 책임이 아니라 누군가 다른 사람의 책임인 것처럼 말입니다." 프란치스코 교황이 2017년 '세계 가난한 이의 날'을 제정하며 한 말이다.

어린이는 우리의 미래다. 그들이 어떻게 성장하느냐에 따라 사회의 모습은 달라진다. 유감스럽게도 경제적으로 불안정한 환경에서 자라는 어린이들은 대체로 자아 개발에 어려움을 겪는다. 가난과 관련된 부정적인 사회인식과 자신에 대한 부정적인 자아인식이 성장 과정에 영향을 주어, 자신을 가치 있는 사람으로 여기는 자아 존중감이 낮아질 가능성이 크다. 가난한 가정에서 자란 어린이는 자기 통제력을 배우는 데도 어려움을 겪는다. 경제적 어려움으로 인해 삶을 통제하고 계획하는 일이 쉽지 않으며, 이는 자신의 미래를 관리하는 능력에도 영향을 미친다.

그러나 미래를 살릴 희망의 불씨는 남아 있다. 양극화로 인한 부정적 영향은 가족이나 사회적 지지를 통해 완화할 수 있다. 우리가 모두 가난과 가난한 사람을 이해하고 공감하며 격려해야 하는 이유다. 줄 세우기처럼 위로만 향한 우리의 눈을 주변으로 돌려 사회의 소외된 곳에 관심을 주고, 이들이 세상과 더불어 살아갈 수 있게 격려하고 배려한다면 우리 사회는 따뜻한 성장을 거듭할 것이다. 프란치스코 교황이 말한 대로 가난한 이의 고통이 우리의 책임이라는 성숙한 성찰의 자세가 어느 때보다 절실히 필요하다.

때리시면 맞겠습니다

모든 꽃이 아침에 피고 저녁에 지는 것은 아니다. 나팔꽃, 메꽃은 아침에 피지만, 달맞이꽃, 분꽃은 밤에 핀다. 부채처럼 펼쳐진 잎과 분홍빛 도는 보랏빛 꽃술이 고혹적인 대청부채는 오후에 핀다. 사람도 꽃처럼 모두 다르게 핀다. 장애인도 마찬가지다. 육체적으로 다를 뿐, 존재의 소중함에는 차이가 없다.

서울의 한 초등학교 강당. 장애아를 둔 학부모들이 특수학교 건립을 허락해달라고 지역주민들 앞에서 무릎을 꿇고 울고 있다. "욕을 하시면 듣겠습니다. 모욕을 주셔도 괜찮습니다. 지나가다가 때리셔도 맞겠습니다. 그런데 학교는, 학교는 절대로 포기할 수 없습니다." 장애아 부모들의 간절한 호소에도 불구하고 특수학교 설립을 반대하는 주민들의 항의는 계속됐다. 3년이 지난 뒤 공립특수학교 서진학교가 문을 열었다. 무릎을 꿇고 울던 엄마들은 "이제는 행복하다"고 했다. 특수학교를 세우기 위해 오랫동안 애간장을 다 태웠지만 아무도 원망하거나 비난하지 않았다. 무릎을 꿇고 학교 설립을 주도했던 엄마들의 자녀 중 이 학교에 다니는 아이는 없다. 애초에 이들의 자녀는 이미 학교를 졸업한 성인이거나 다른 특수학교 고학년에 재학 중이었다. 무릎을 꿇었던 이유는 오직 "다음 세대 부모들이 나와 내 자녀가 겪은 어려움을 또 겪지 않았으면 하는 마음" 때문이었다. 처음부터 내 자식을 위한 일이 아니었던 것이다.

손해 보는 장사를 기꺼이 하는 기업이 있다. '선천성 대사 이상 질환'을 앓고 있는 어린이들을 위해 특수분유를 생산하는 매일유업이다. 선천성 대사 이상 질환은 아미노산이나 지방 등 필수 영양소를 분해하는 특정 효소가 부족하거나 만들어지지 않는 질환으로, 환아들은 모유는 물론 다른 음식을 입에 대지도 못한다. 엄격한 식단 관리가 안 되면 운동발달 장애는 물론 심하면 뇌세포 손상으로 사망에까지 이른다. 특수분유는 일반 분유에 비해 제조 비용이 많이 든다. 게다가 수요가 적다 보니 회사로서는 사업을 계속할수록 손해다. 매일유업이 손해를 보면서도 '앱솔루트'를 제조하는 이유는 무엇일까? 김정완 회장은 "기업을 하는 사람들은 이윤에 얽매여서는 안 된다. 더 중요한 것은 미래가치다"라고 했다.

한때 TV드라마 〈이상한 변호사 우영우〉가 신드롬을 일으킨 적이 있다. 자폐 스펙트럼 장애를 가진 천재 변호사가 법정 안팎에서 다양한 난관을 헤쳐나가는 모습을 그린 드라마다. 드라마는 흥행에 성공했고, 언론들은 언제 그랬냐는 듯 새삼 장애에 대해 큰 관심을 보였다. 급기야 드라마에 등장한 수령 500년이 넘은 팽나무가 느닷없이 천연기념물로 지정되는 웃픈 일이 벌어지기도 했다. 더 가관인 것은 시간이 지날수록 드라마가 화제에 오르면서 '장애인 우영우'는 간데없고 우영우 배역을 맡은 여배우에 관한 기사가 더 많아졌다는 점이다. 이

것이 장애에 대한 우리의 대중적 태도다.

현행 장애인고용촉진법에 따르면, 상시근로자 50인 이상 기업은 전체 근로자의 3.1%를 장애인으로 고용해야 한다. 공공기관은 3.6%로 기준이 더 높다. 의무고용률에 미달한 기업과 공공기관에는 고용부담금이 부과된다. 독일, 프랑스 등 선진국의 의무고용률이 5%가 넘으니 우리도 더 높여야 한다는 목소리가 높지만 이마저도 채우지 않는 곳이 많다. 심지어 장애인 정책을 관장하는 보건복지부와 그 산하기관들마저 '장애인 의무고용률'을 지키지 않고 국민의 세금으로 고용부담금을 내고 있다니 더 무슨 말이 필요하겠는가. 일회성 관심과 말뿐인 호의보다 그들에게 도움이 될 수 있는 지속적인 관심과 실질적인 행동이 더 필요한 때다. 다음 세대 장애아들을 위해 무릎 꿇고 호소했던 어머니들, 그리고 손해를 감수하며 특수분유를 생산하는 기업처럼 말이다.

메기가 두려운 정어리

북유럽 해역에서 많이 잡히는 생선 중에 정어리가 있다. 어부에게 잡힌 정어리는 항구에 도착하기 전에 대부분 죽어버려 살아남은 정어리는 높은 가격에 팔린다. 따라서 어부들의 주된 관심은 어떻게든 항구에 도착할 때까지 정어리를 살리는 것이다. 그러나 갖은 방법을 다 동원해도 오랜 시간 정어리를 살리는 것은 쉽지 않았다. 그런데 정어리를 항구까지 모두 살려서 오는 어부가 있었다. 비결은 무엇일까? 바로 수족관에 메기를 집어넣는 것이었다. 수족관에 메기를 넣으면 정어리들이 메기에게 잡아먹히지 않으려고 쉼 없이 움직여 항구에 도착할 때까지 살아남는 것이다. 여기서 유래한 용어가 '메기 효과'다. 여러 의미로 사용되기는 하지만, 일반적 의미는 '외부의 강한 위협이 오히려 생존력을 높인다'는 뜻이다.

근래 들어 각종 미디어에서 '메기 효과'를 강조하는 말들이 자주 등장하고 있다. 몇몇 CEO들은 이것이 무슨 대단한 경영전략이라도 되는 양 사원들에게 강요하듯 주입시키기도 한다. 물론 경쟁은 필요하다. 그러나 기업의 문화 자체가 무한경쟁을 강요할 필요는 없다. 세상에는 메기가 두려운 정어리가 많다. 정어리도 살기 위해 두려움을 감추고 기를 쓰겠지만 그것도 한계가 있다. '야생 포유류들은 포식 위험만으로도 치명적 타격을 받는다'는 것을 확인한 연구 결과가 있다. 미국과 캐나다 연구자들은 임신한 토끼 우리로 이틀에 한 번씩 1~2분 동안 개를 들여보냈다. 그러자 개에 직접 물린 토끼가 없어도 공포의 효과는 뚜렷하게 나타났다. 포식자에 노출된 토끼는 다른 토끼보다 스트레스 호르몬인 코르티솔을 2배 이상 분비했다. 사망률도 증가했다. 개에 노출된 토끼 집단은 개체 수가 감소했지만, 개에 노출되지 않은 대조 집단은 개체 수가 3배 이상 증가했다.

125년의 전통을 지닌 백화점 '시어스'가 파산했다. 유통업계 혁신의 아이콘인 시어스가 파산한 이유는 시장 환경의 변화에 제대로 대응하지 못한 탓도 있지만, 자회사인 '시어스 타이어 앤드오토센터' 고객들의 집단소송도 시어스의 몰락에 한몫했다. 시어스는 종업원들의 기본급을 없애고 자동차 수리 대수와 매출액을 기반으로 성과에 따라 차별적으로 보상했다. 거기에 더해 "충분한 매출을 올리지 못하면 해고하겠다"고 위협했다. 벼랑으로 내몰린 종업원들에게는 서비스 품질보다 매출을 올리는 것이 급선무였다. 종업원들은 '타이어를 점검받으러 갔는데 멀쩡한 지지대도 교체'하는 등으로 수리비를 부풀렸다. 고객들은 100여 건이 넘는 제소를 했고, 시어스는 소송 비용을 감당하지 못했다.

'죽지 않으려면 움직여라'가 아니라 '죽지 않을 수 있는 환경'을 먼저 만들어줘야 한다. '메기 효과'만 강조할 것이 아니라, 겨울에 흰색으로 털 빛깔을 바꾸는 눈덧신토끼가 포식자의 존재를 전혀 위협으로 느끼지 않는 것처럼 안전하게 일할 수 있는 기업 문화와 환경을 마련해주는 성숙한 관점이 필요하다. 더욱이 공포는 후대로까지 이어진다고 하니, 강자들의 약자에 대한 세심한 관심과 배려가 몇 번을 강조해도 지나침이 없는 중요한 덕목임을 잊어서는 안 된다.

아직도 주위에는 메기가 두려운 정어리들이 많다. 그들을 무한경쟁으로 내몰기보다는 그들의 힘겨움을 지지하고 격려해야 한다. 구글은 신입사원이 입사하면 프로펠러가 달린 모자를 쓰게 한다. '모르는 게 많아서 질문이 많을 수 있으니 이해해달라'는 뜻이다. 구글의 자회사 엑스에는 '망자의 날'이 있다. 망자의 날에는 모든 직원이 실패한 아이디어가 적힌 종이나 메모리 등을 가져와 관에 넣고 태우며 함께 축하한다. 자신이 낸 아이디어가 실패하면 누구나 위축되기 마련이다. 이런 의식을 통해 마음을 추스를 시간을 주어 직원들의 심리적 안정을 도와주는 것이다.

나에게도 벌금을 선고합니다

좋은 재판이란 어떤 것일까? 김영란 대법관은 "좋은 재판이란 판사가 사건 당사자들을 모두 이해시킬 수 있는 재판"이라고 했다. 또 판결이 앞으로 나아가야 할 방향에 대해서는 "판결은 마침표가 아니다. 판결을 통해 사건에 대한 시비는 일단락되지만, 판결 속에서 쟁점이 됐던 가치에 대한 고민은 끝나면 안 된다"고 했다.

1930년 뉴욕의 한 법정. 빵을 훔쳐 잡혀온 노인의 재판이 열렸다. "피고는 이전에도 빵을 훔친 적이 있습니까?" "아니요, 처음입니다." "그럼 왜 훔쳤습니까?" "일자리도 없고, 배식도 끊기고, 일주일 넘게 굶고 있는 손자가 죽어가는 모습을 그냥 보고 있을 수만은 없었습니다." "피고는 유죄입니다. 벌금형 10달러를 선고합니다. 그러나 피고가 빵을 훔친 것은 피고만의 책임이 아닙니다. 피고가 생존을 위해 빵을 훔쳐야만 할 정도로 어려운 상황임에도 아무도 도와주지 않은 뉴욕시민 모두의 책임입니다. 저도 뉴욕시민의 한 사람으로서 큰 책임을 느끼는바 저에게도 벌금 10달러를 선고합니다. 이 법정에 계신 시민 여러분도 각자 50센트의 벌금형에 동참해주실 것을 권고합니다." 판사는 자기 지갑에서 10달러를 꺼내 모자에 담았다. 판사의 선고에 이의를 제기하는 사람은 아무도 없었다. 돈이 모이고 벌금 10달러를 뺀 나머지는 모두 노인에게 전달됐다.

미주리주 로렌스카운티 법원. 판사는 사슴을 불법 사냥한 혐의로 붙잡힌 데이비드 베리 주니어에게 징역 1년형과 함께 수감 중 최소 매월 1회 이상 만화영화 〈밤비〉를 시청하라는 판결을 내렸다. 〈밤비〉는 월트디즈니 프로덕션에서 제작한 클래식 애니메이션으로, 사냥꾼에 의해 엄마를 잃은 아기사슴 밤비가 아픔을 딛고 숲의 왕자로 성장하는 내용을 담고 있다. 왜 판사는 야생동물 불법 사냥꾼에게 〈밤비〉를 시청하라는 판결을 내렸을까? 그 이유에 대해서 판사는 "동물을 존중하지 않는 밀렵꾼에게는 깨달음이 필요하다"고 말했다.

서울 서초동 소년 법정. 친구들과 함께 오토바이를 훔쳐 달아난 혐의로 한 여학생이 재판을 받았다. 이 여학생은 얼마 전만 해도 성적이 반에서 상위권을 유지하며 간호사를 꿈꾸는 착한 학생이었지만, 남학생 여러 명에게 집단 폭행을 당하고, 그 충격으로 어머니마저 신체의 일부가 마비되자 죄책감에 비행 청소년과 어울리며 범행을 저지른 것이다. 떨고 있는 아이를 앞에 두고 판사는 참관인들에게 말했다. "이 아이는 가해자로 재판에 왔다. 그러나 이렇게 삶이 망가진 것을 알면 누가 가해자라고 쉽사리 말하겠는가. 아이의 잘못이 있다면 자존감을 잃어버린 것이다. 그러니 스스로 자존감을 찾게 하는 처분을 내려야 한다." 판사는 불기소처분 결정을 내리며 여학생에게 "나는 무엇이든지 할 수 있다. 나는 이 세상에 두려울 게 없다. 이 세상에 나는 혼자가 아니다"라고 외치게 했다.

사회적 약자의 기본권과 공익을 위해서 나쁜 법과 불량한 판결에 이의를 제기하는 변호사 최정규. 《불량 판결문》은 그가 우리 법원의 부당하고 불합리한 현실을 적나라하게 고발한 책이다. 그는 책에서 이렇게 말했다. "패소한 이유가 통째로 생략된 판결문, 이유 같지 않은 이유가 버젓이 기록된 판결문, 특정 판례 문구를 기계처럼 붙여넣기한 판결문… 지금도 법정에서는 이런 '불량 판결문'이 자주 탄생하고 있다. 온갖 억울함과 부당함을 호소할 마지막 관문인 법원에서 계속 이런 일이 발생한다면, 과연 우리는 법원을 신뢰할 수 있을까?"

술 권하는 사회

남편이 돌아오기는 새벽 두 점이 훨씬 지난 뒤였다. "원 참, 누가 술을 이처럼 권하였노." 아내는 짜증을 낸다. "자시고 싶어 잡수신 건 아니지요. 누가 당신께 약주를 권하는지 내가 알아낼까요? 저… 첫째는 홧증이 술을 권하고, 둘째는 하이칼라가 약주를 권하지요." 아내는 살짝 웃는다. 내가 어지간히 알아맞혔지요, 하는 모양이었다. "내게 술을 권하는 것은 홧증도 아니고 하이칼라도 아니오. 이 사회란 것이 내게 술을 권한다오. 이 조선 사회란 것이 내게 술을 권한다오." 사회란 무엇인가? 아내는 또 알 수가 없었다. 어찌하였든 딴 나라에는 없고 조선에만 있는 요릿집 이름이려니 한다.

현진건이 1921년 〈개벽〉에 발표한 《술 권하는 사회》의 일부다. 작가는 부조리한 사회에 적응하지 못하고 괴로워하는 지식인의 절망을 그렸다. 그가 그린 절망은 100년이 지난 지금도 한국 사회에 유효하다. "거기 모이는 사람놈치고 처음은 민족을 위하느니, 사회를 위하느니 그러는데, 제 목숨을 바쳐도 아깝지 않으니 아니 하는 놈이 하나도 없어. 하다가 단 이틀이 못 되어…." "내가 옳으니 네가 그르니, 내 권리가 많으니 네 권리 적으니… 밤낮으로 서로 찢고 뜯고 하지. 그러니 무슨 일이 되겠소." "이런 사회에서 무슨 일을 한단 말이오. 하려는 놈이 어리석은 놈이야. 적이 정신이 바로 박힌 놈은 피를 토하고 죽을 수밖에 없지. 그렇지 않으면 술밖에 먹을 게 도무지 없지."

한국의 자살률과 우울증 수치는 지난 20년간 OECD 국가 중 최고다. 크리스틴 라가르드 전 국제통화기금 총재는 한국이 '집단자살 사회'로 가고 있다고 했다. 미국의 유명 작가 마크 맨슨이 '세계에서 가장 우울한 국가를 여행했다'는 영상을 유튜브에 올렸다. 그는 한국 사회의 우울증이 유교와 자본주의의 장점을 무시하고 단점을 극대화한 결과라고 지적하고 "불행히도 한국은 유교의 가장 나쁜 부분인 수치심과 남을 판단하는 것을 극대화한 반면, 장점인 가족이나 지역 사회와의 친밀감을 저버렸다"고 말하며, "자본주의 최악의 단면인 현란한 물질주의와 돈벌이에 대한 집착을 강조하지만, 가장 좋은 부분인 자기표현과 개인주의는 무시했다… 이런 상충되는 가치관이 엄청난 스트레스와 절망으로 이어진 것"이라고 한국 사회의 우울을 진단했다.

왜 이렇게 되었을까? 1911년 독일인 선교사 노르베르트 베버가 본 한국인은 달랐다. "한국인은 꿈꾸는 사람이다. 그들은 자연을 꿈꾸듯 응시하며 몇 시간이고 홀로 앉아 있을 수 있다. 산마루에 진달래꽃 불타는 봄이면 그들은 지칠 줄 모르고 진달래꽃을 응시할 줄 안다… 한국인은 이 모든 것 앞에서 다만 고요할 뿐이다. 그들은 꽃을 꺾지 않는다. 차라리 내일 다시 자연에 들어 그 모든 것을 보고 또 볼지언정, 나뭇가지 꺾어 어두운 방 안에 꽂아두는 법이 없다. 그들이 마음 깊이 담아 집으로 가져오는 것은 자연에서 추상해낸 순수하고 청명한 색깔이다. 그들은 자연을 관찰하여 얻은 색상을 그대로 활용한다. 무늬를 그려 넣지 않고, 자연의 색감을 그대로 살린 옷을 아이들에게 입힌다. 하여, 이 소박한 색조의 민무늬 옷들은 더할 나위 없이 편안하고 원숙하고 예술적이다."

그렇다고 너무 실망하진 말자. 이보다 더 어려운 시대에도 우리는 희망을 잃지 않았다. 희망은 '아시아 대륙 동쪽에 있는 한반도와 그 부속 도서로 이루어진 공화국'을 선진국 위치로 올려놓은 원동력이었다. 불가능을 기적으로 바꿔놓는 것이 희망임을 우리 한국인은 숱한 경험으로 알고 있다. 우리가 희망의 끈을 놓지 않는 한 우리 사회에 만연한 우울도 재울 수 있다.

슬픔에도 등급이 있는 나라

사람이 처한 환경이나 처지에 어울리는 분수나 품위를 격이라 한다. 우리 조상들은 이런 격을 유난히 중시했다. 속담에도 '꼴 보고 이름 짓고 체수 맞춰 옷 마른다' 하여 무슨 일이든 분수를 알아서 격에 맞게 해야 한다고 생각했다. 삼라만상에도 서열을 두어 격에 맞게 대우했으니, 같은 몸인데도 배꼽을 중심으로 윗부분을 아랫부분보다 중시했고, 손도 오른손을 왼손보다 중시했다.

슬픔에도 등급이 있었다. 초상 때 입는 상복도 참최, 재최, 대공, 소공, 시마 등 다섯 가지 복장으로 구분했다. '참최'는 부친상을 당한 아들과 미혼의 딸이 입는 상복으로, 가공을 하지 않은 성긴 생포로 만든다. '재최'는 모친상을 당한 아들과 미혼의 딸이 입는 상복으로, 약간 가공한 거친 마포로 만든다. '대공'은 종형제자매상을 당하여 입는 상복으로, 약간 거칠게 누인 베로 만든다. '소공'은 증조부모, 형제의 손자, 종형제의 아들, 재종형제의 상을 당하여 입는 상복으로, 조금 곱게 누인 베로 만든다. '시마'는 형제의 증손, 증조부의 형제상을 당하여 입는 상복으로, 아주 곱게 누인 베로 만든다. 이렇게 상복에 등급을 둔 이유는 망자와의 친소(親疏), 존비(尊卑), 장유(長幼), 남녀유별을 분명하게 하려는 것이었다. 망자와 가까울수록 올이 굵고 거친 삼베로 만든 상복을 입은 이유는 그 슬픔이 상대적으로 더 크기 때문이다.

우리 조상들은 두 손을 맞잡고 허리를 구부려서 하는 인사인 '읍'도 두 손을 이마까지 올리는 것을 천읍, 입까지 올리는 것을 입읍, 가슴까지 올리는 것을 지읍으로 구분하고, 상대방의 나이와 신분에 따라 맞잡은 두 손의 높이를 다르게 했다.

이렇듯 우리 사회는 격을 중시하는 사회다. 오죽하면 선교사 언더우드가 "한국에는 방 안에도 서열이 있다. 갓이 걸려 있는 곳이 상석이고 반대편 구석이 말석이니, 포교를 할 때 한국인의 심기를 건드리지 않으려면 말석에 앉아야 한다"라고 했겠는가. 그러나 일각에서 이러한 격을 허무는 일들이 벌어지고 있다.

여론의 반대에 부딪혀 거두어들이기는 했지만, 한때 서울시교육청이 수평문화를 정착한다는 이유로 학교에서 '선생님'이라는 호칭을 없애고 구성원 간의 호칭을 '○○쌤'이나 '○○님'으로 통일한다는 '수평적 호칭제' 방안을 내놓았다. 교장도 교장쌤, 담임도 담임쌤, 쌤쌤쌤…. 청소년인권운동연대도 '어린 사람은 아랫사람이 아니다'라는 캠페인을 벌이며 나이 어린 사람(특히 청소년이나 어린이)에게 반말·하대하지 않기, 공식적인 자리에서 나이 어린 사람을 부를 때 존칭(○○님, ○○씨 등) 사용하기, 친한 사이가 아닌 어린 사람에게 '○○친구'라고 부르지 않고 정중하게 대하기 같은 호칭을 제안했다. 우리 사회의 나이 위주 언어문화에 문제를 제기하고 어린 사람도 동등

한 사회 구성원으로 존중받을 수 있는 사회를 만들자는 취지였다.

교육청이 내놓은 조직문화 혁신 방안이나 청소년인권운동연대에서 벌이는 캠페인 모두 그 취지는 올바른 것이다. 인간은 누구나 존중받아야 하며, 나이가 어리다고 무시되어서는 안 되기 때문이다. 그러나 그 방법이 격을 중시하는 우리의 전통문화에 반하는 것이어서는 곤란하다. 한국 사회에 있어서 격을 중시하는 문화는 상호 간 존중과 배려를 촉진하며, 사회적 조화와 안정을 유지하는 데 중요한 역할을 하기 때문이다. 호칭은 곧 격이다. 선생님의 '선생'은 원래 학식이나 학예가 뛰어난 사람을 존중하는 의미로 쓰는 호칭이다. 퇴계 선생이나 율곡 선생처럼. 그래서 파생접미사 '님'이 없어도 '선생'만으로 이미 존칭이다. 그런데도 우리는 '님'자를 덧붙여 '선생님'이라 부른다. 존칭 중복이다. 이런 나라도 없다. 그만큼 우리 사회는 선생님이 가장 높은 격이다.

언어는 사고를 지배한다. 미국의 언어학자 에드워드 사피어와 그의 제자 벤저민 워프가 세운 가설이다. 예컨대 한국인에게 무지개가 몇 가지 색이냐고 물으면 망설임 없이 '빨주노초파남보' 7가지 색이라고 말한다. 그러나 무지개 색깔 수에 대한 인식은 나라마다 다르다. 어떤 나라는 5가지라고 하고, 30가지로 알고 있는 나라도 있다. 무지개를 스펙트럼에 통과시키면 무려 207개까지 보인다고 한다. 그런데 왜 한국인은 무조건 7가지 색이라고 할까? 그것은 어릴 때부터 손가락을 접어가며 '빨주노초파남보'를 반복해서 외웠기 때문이다. 쌤!쌤!쌤! 부르다 보면 학생들 사고에 선생님이 어떤 모습으로 자리 잡을까? 이미 지난 일이고 실현되지도 않은 사건이지만, 아직도 격에 맞지 않는 일들이 많이 벌어지고 있기에 하는 말이다.

"나는 인간의 말이

나름의 귀소 본능을 갖고 있다고 믿는다.

언어는 강물을 거슬러 오르는 연어처럼 헤엄쳐

자신이 태어난 곳으로 돌아가려는

무의식적인 본능을 지니고 있다.

사람의 입에서 태어난 말은

입 밖으로 나오는 순간 그냥 흩어지지 않는다.

돌고 돌아 어느새 말을 내뱉은 사람의

귀와 몸으로 되돌아온다."

— 이기주 《말의 품격》에서

아파도 미안하지 않은 세상

나이 탓인지 주변 사람들로부터 건강을 묻는 안부와 함께 "건강을 잃으면 모든 것을 잃는 것"이라는 말을 자주 듣는다. 무심코 건성으로 듣던 이 말이 언제부턴가 거칠게 들리기 시작했다. 둘째 형은 근무력증이라는 치료하기 어려운 병에 걸렸다. 스스로 일어날 수도, 앉을 수도 없으니 혼자 있는 시간에는 누워서 지내야 한다. 다행히 팔과 손가락은 움직일 수 있어 마우스로 빌딩 설계도 하고, 끔찍이 아끼는 토렌스 턴테이블에 카라얀의 음반도 걸고, 유튜브를 열어 법정 스님 영상도 본다. 그런 형은 모든 것을 잃은 사람일까?

건강에 대한 전통적 정의는 신체가 기능할 수 있는 능력, 곧 생의학적 관점에 초점이 맞춰졌다. 그러다 1948년 세계보건기구는 건강을 "단순히 질병이나 허약함이 없는 상태가 아니라 신체적·정신적·사회적으로 완전한 안녕 상태"라고 규정했다. 1984년에는 범위를 더 확장시켜 "개인이나 집단이 열망을 실현하고 필요를 충족하며 환경을 변화시키거나 대처할 수 있는 정도"라고 정의했다. 건강을 신체의 상태가 아닌 건강하기 위한 능력으로 재정의한 것이다. 이 정의에 따르면, 여러 만성 질환이나 말기 질환이 있는 경우에도 "스스로 가치 있다고 여기는 존재가 되고, 또한 가치가 있다고 여기는 일을 할 수 있는 능력"이 있다면 건강한 것이다. 이 정의에 따르면, 형은 몸은 아프지만 건강한 사람이다.

건강이 훼손되지 않는 사회를 만드는 것도 중요하지만, 아픈 몸이 평등하게 살 수 있는 사회를 만드는 것도 중요하다. 여성, 평화, 장애 관련 운동을 넘나들며 활동하는 조한진희의 말이다. 그녀는 "아픈 몸의 눈으로 우리 사회를 깊이 볼수록, 아픈 몸은 건강 중심 사회의 난민 같아 보였다. 아픈 것 때문에 아프지 않은 세상, 아파도 미안하지 않은 세상을 함께 만들어가자"
고 했다.

연극 〈신의 아그네스〉로 유명한 연극배우 윤석화. 20시간이
넘는 뇌종양 수술로 앞니 4개를 잃고 몸무게가 36kg까지 빠
졌다는 그녀는 "수술을 마치고 손을 잡아줘도 설 수가 없었다.
그때는 혼자 설 수 있는 날이 올 것 같지 않았다. 그러다 어느
날 혼자 서더라. 남들한테는 당연한 일이지만 아픈 사람에게
는 그렇지 않다"고 했다. 그녀는 아픈 몸으로 연극 〈토카타〉에
출연했다. 무대가 가장 진실한 땅이고, 살아 있는 호흡, 정직한
호흡이 자신을 살게 해주는 힘이라고 했다.

건강은 중요하다. 그러나 '건강 중심 사회'는 완벽한 신체적 상
태를 추구하기 때문에 이상적인 건강 상태에 대한 기준이 존
재하고, 이에 미치지 못한 사람들은 불안과 스트레스를 경험
할 뿐만 아니라, 자아존중과 자기인식에도 부정적인 영향을
받게 된다. 더욱이 이러한 기준들이 문제가 되는 것은 다양한
신체적 상태나 특징을 가진 사람들에 대한 포용성과 이해를

부족하게 만들어 건강에 대한 잘못된 편견을 갖게 한다는 점이다. 더구나 건강 중심 사회에서 나타나는 외모나 체력에 대한 과도한 관심은 이를 유지하고 개선하기 위해 자원을 비합리적으로 소비하게 만든다. 이로 인해 건강하지 못한 저소득층을 지원하는 데 필요한 자원이 부족하게 되어 그들이 받는 혜택은 점점 줄어들 수밖에 없다. 이것은 사회적 공정성을 훼손하는 것이며, 심하면 사회적 불평등으로 이어질 수도 있다.

건강을 중시하는 사회는 옳다. 그러나 건강이 중심이 되는 사회가 온전히 옳다고 말하긴 어렵다. 아픈 몸이 난민 같아 보이지 않도록, 아픈 것 때문에 아프지 않은 세상을 만들어야 한다.

아픈 기억은 나쁜 것인가

미래학자 다니엘 핑크는 저서 《후회의 재발견》에서 '후회하지 않는다'는 말은 인생을 망치는 허튼소리이며, 후회가 인간을 인간답게 만드는 요소라고 했다. 후회하는 능력은 인간의 뇌에 매우 깊이 뿌리박혀 있는 것으로, 이러한 능력이 떨어지는 사람은 뇌가 완전히 발달하지 않은 아이들과 질병이나 부상으로 뇌가 마비된 성인들뿐이라고 했다. 후회는 건강하고 성숙한 마음의 표지로, 후회의 목적은 우리의 기분을 더 나쁘게 하는 것이다. 왜냐하면 오늘 우리의 기분을 나쁘게 만듦으로써 내일은 더 잘할 수 있도록 도와줄 수 있기 때문이다. 우리가 진정으로 후회하는 것이 무엇인지 알면 우리가 진정으로 가치 있게 여기는 것이 무엇인지 알게 되고, 사람을 미치게 하고, 당혹스럽게 하고, 부정할 수 없는 진정한 감정인 후회는 잘 사는 삶의 길로 가는 길을 알려준다는 것이다.

그런데 영국의 과학자들이 아픈 기억을 지워주는 약을 개발했다. 연구자들은 쥐에게 큰 소음과 함께 전기 충격을 가했다. 이 동작을 몇 번 반복하자 쥐는 소음과 전기 충격을 연결하여 기억하게 됐고, 나중에는 소음만 들어도 얼어붙었다. 그러나 연구자들이 개발한 '신경영양인자'라는 약을 투여하자 쥐들에게 공포가 사라졌다. 쥐를 대상으로 실험한 결과지만, 언젠가는 이 약이 아픈 기억을 지우거나 정신적 충격을 완화할 수 있을 것으로 연구자들은 기대했다.

아픈 기억은 무조건 나쁜 것일까? 사람들은 아픈 기억으로부터 많은 것을 배운다. 왜 그런 일이 일어났는지 원인을 분석하고 후회하며 반성하는 것이다. 만일 아픈 기억들이 모두 사라진다면 그 기억으로부터 배운 지혜도 근거를 잃을 것이고, 기억과 후회 사이의 연계가 없어져 잘못된 행동을 거듭하게 될 것이다.

방 한가운데 세워진 나무 막대기에 바나나를 걸어놓고 원숭이 네 마리를 넣었다. 원숭이들은 쏜살같이 막대기를 타고 올라 갔다. 가장 높이 올라간 원숭이가 바나나를 잡아채려는 순간 천장에서 물벼락이 쏟아졌다. 원숭이는 질겁하여 비명을 지르 며 재빨리 막대기에서 내려왔다. 그 후로는 어떤 원숭이도 막 대기에 오르려 하지 않았다. 기존에 있던 원숭이 한 마리를 꺼 내고 새로운 원숭이 한 마리를 방에 넣었다. 새로 들어온 원숭 이가 막대기를 타고 오르자 기존에 있던 원숭이 세 마리가 합 심하여 다리를 붙잡아 끌어내렸다. 이렇게 원숭이가 교체될 때마다 나머지 원숭이들은 똑같이 행동했다. 놀라운 것은 다 교체되어 물벼락을 본 원숭이가 한 마리도 남아 있지 않았는 데도, 다른 원숭이가 막대기를 타고 오르려 하면 나머지 원숭 이들이 이를 결사적으로 막았다는 것이다. 리더십 전문가 존 맥스웰은 "불행히도 실패에 익숙해 있는 사람들은 앞의 원숭 이들과 유사한 점을 가지고 있다. 그들은 똑같은 실수를 계속 반복하고 있는데 그 이유는 전혀 모르고 있다. 결과적으로 그들은 '실패의 고속도로'라고 부르는 곳에서 빠져나오지 못한다"라고 했다.

충격적이거나 마음의 상처가 큰 기억들은 시간이 지나도 정확하게 기억이 나고, 때론 꿈에서 다시 경험하기도 한다. 긍정적인 기억보다 부정적인 기억이 더 오랫동안 남아 있는 이유에 대해서 학자들은 생존본능 때문이라고 설명한다. 자신에게 위험이 될 수 있는 기억을 오래 남겨 잠재적인 위험에 빠르게 대처할 수 있도록 한다는 것이다. 후회의 대상은 대부분 아픈 기억이다. 아픈 기억이 없다면 후회할 일도 없고, 후회를 하지 않으면 아픈 행동을 반성 없이 거듭하게 될 것이다.

악어는 눈물을 흘리지 않는다

고대 서양 전설에 따르면, 이집트 나일강에 사는 악어는 사람을 잡아먹고 난 뒤에 그를 위해 눈물을 흘린다고 한다. '악어의 눈물'은 이 전설에서 유래된 말로 거짓 또는 위선적인 행동을 일컫는다. 셰익스피어도 여러 작품에서 이 전설을 인용했지만, 정작 악어는 눈물을 흘리지 않는다. 악어가 흘리는 수분은 눈을 보호하려는 생리적인 현상이지 눈물이 아니다. 감정에 겨워 눈물을 흘리는 동물은 오직 사람뿐이다.

이어령 교수는 생전에 "지금 우리에게 필요한 것은 눈물 한 방울"이라고 했다. 나를 위해서가 아니라 모르는 타인을 위해서 흘리는 눈물, 인간의 따스한 체온이 담긴 눈물. 그는 "재레드 다이아몬드나 유발 하라리 같은 지식인들이 외치는 백 마디 말이 트로트 한 곡이 주는 위로를 당하지 못해요. 무대 위 가수의 노래를 듣고 우는 객석의 청중을 보고 시청자들이 다시 울지요. '아직 사람 사는 세상이구나' '막간 세상이 아니구나' 하는 안도감에…. 분노와 증오, 저주의 말이 넘쳐나는 시대, 누군가는 바보 소리를 들을지라도 날카롭게 찔리고 베인 상처를 어루만져줘야 해요"라고 했다.

"의과대학 졸업반이던 저는 서울 강남세브란스병원 유방암 클리닉 실습생이었습니다. 어느 날, 오랜 농사일로 피부가 그을리고 꽤 늙어 보이는 할머니가 찾아오셨습니다. 막상 차트를 확인해보니 실제 나이는 40대 중반이었습니다. 이분이 감당하고 살아온 삶의 무게가 느껴졌습니다. 진찰해보니 유방은 물론 겨드랑이에도 암세포가 가득 차 있었습니다. 이걸 어떻게 말씀드려야 하나 망설이는데, 이분이 모기 같은 가느다란 목소리로 '선생님예… 이거 암 아니지예?'라고 물었습니다. 저는 그에게 여기 강남의 중년 여성들은 정기적인 암 검진으로 손톱보다 작은 암도 발견하는데 왜 이제야 병원에 오셨냐고 소리치고 싶었습니다. 저는 이런 현실이 원망스러워 자리를 피해 울어버리고 말았습니다. 환자로 인해 눈물을 흘린 첫 사건이었습니다. 환자에 대한 측은지심만으로 눈물이 나온 건 아니었습니다. 가난하고 교육받지 못한 우리 사회의 약자들이 더 아프고 더 많이 죽어가는 현실에 대한 안타까움 때문이었습니다." 김현철 홍콩과학기술대학교 교수의 글이다.

박정희 대통령 내외가 독일을 방문했다. 육영수 여사는 방독 소감에 이렇게 썼다. "고대하던 우리의 광부들과 간호 학생들을 만나는 날이었다. 고된 노동에 시달리는 그들에게 좀 더 따뜻한 손길과 부드러운 웃음을, 포근한 인정을 나누어줘야겠다고 마음속으로 다짐했다… 그러나 나의 계획은 엉뚱하게도 그들을 대하는 순간, 검은 눈동자와 황색 피부의 낯익은 우리 젊은이들의 환성 속에 발을 들여놓는 순간, 아프도록 가슴이 맺혀오는 무엇인가 뭉클한 감정이 솟아오르며 시야가 뿌옇게 흐려지는 것이었다. 분별없이 마구 흘러내리는 눈물을 들킬세라

참고 또 참았으나 걷잡을 수 없는 격정은 애국가가 울려퍼지는 소리를 핑계 삼아 나로 하여금 어쩔 수 없이 흐느끼게 하고 말았다. 그곳에 모인 간호 학생들을 눈이 벌겋게 울렸고, 또 모든 사람의 가슴을 두드린 그 순간을 나는 지금도, 또 영원히 잊지 못할 것이다."

악어는 눈물을 흘리지 않는다. 감정에 겨워 눈물을 흘리는 동물은 오직 사람뿐이다. 우리에게 필요한 것은 타인을 위해서 흘리는 눈물, 인간의 따스한 체온이 담긴 눈물, 어려운 삶을 감내하며 살아내는 사람들을 위해 흘리는 눈물이다.

오늘 밤 제가 더 운이 좋았을 뿐

사람은 본성 자체가 교만한 것인가? 캘리포니아대 버클리 캠퍼스에서 심리학자 폴 피프 교수가 '모노폴리 게임'(돈 모양의 종잇조각을 주고받으며 땅과 집을 사고파는 놀이를 하는 보드게임)을 개최했다. 두 명의 참가자가 한 팀이 되어 게임을 하는데, 특이한 것은 이 게임의 규칙이다. 일단 동전 던지기를 해서 부유한 참가자와 가난한 참가자를 정한다. 부유한 참가자는 가난한 참가자보다 2배나 많은 돈을 가지고 게임을 시작하고, 경기 중에도 보너스를 2배나 더 받는다. 승자가 이미 정해진 게임이었다. 참가자들은 불공정하다는 것을 알았지만 규칙을 받아들이고 게임을 시작했고, 교수는 몰래카메라로 게임 장면을 녹화했다. 게임이 끝난 후 녹화된 게임 장면을 보던 교수는 놀라운 사실을 발견했다. 부유한 참가자가 이길 수밖에 없는 불공정한 게임이라는 것을 모두 알고 있었음에도 게임이 진행될수록 부유한 참가자들은 더 잘난 척하며 무례해졌고, 부를 과시하며 가난한 참가자들을 조롱했다.

가톨릭에서는 교만, 시기, 분노, 나태, 탐욕, 식탐, 색욕을 칠죄종(七罪宗)이라 한다. 그 자체가 죄이면서 동시에 인간이 자기 자신의 뜻에 따라 범하는 모든 죄의 근원이 되는 7가지 죄, 감정 자체는 죄가 아니지만 이로 인해 일어나는 악한 행동이 죄가 되는 것들이다. 그중에서 으뜸인 죄가 교만이다. 잘난 체하여 뽐내고 버릇이 없음을 뜻하는 교만, 나머지 죄들은 모두 교만에서 비롯되는 것이다. 더더욱 교만이 문제가 되는 것은, 교만은 주로 권력을 가진 자들이 행하는 것이며, 그들의 교만이 사회에 지대한 영향을 미치기 때문이다. 김지하의 〈오적〉을 보라. 1970년에 김지하가 설파한 그들의 교만이 50년이 넘도록 지금도 계속되고 있다. 그래서 젊은이들이 '헬조선'을 말하는 것 아닌가.

이제 겸손으로 돌아가야 한다. 겸손은 자신을 낮추고 타인을 존중하는 마음이나 태도이며, 교만을 회개하는 것이다. 프란치스코 교황이 성 베드로 광장에 모인 신자들과 인사를 나누던 중 한 여성 신도가 손을 세게 잡아당기자 화를 내며 여성의 손등을 때렸다. 그 일이 있은 얼마 후에 교황은 미사가 끝난 후 그 여성을 따로 불러 사과했다. "나도 종종 인내심을 잃는다." 이것이 겸손이다.

60년간을 노파로, 무녀로, 왕비로 살아온 사람. 더 이상 수식어가 필요 없는 연극배우 박정자는 죽어서 의자로 남고 싶다고 했다. "의자 뒤편에 연극배우 박정자, 그리고 정말 좋은 대사한 줄을 새겨넣은 그런 의자를 만들어 기증할 생각이에요. 사람들이 편안하게 앉아 쉬어갈 수 있게요. 나무 의자였으면 하는데, 오랜 시간을 바라지 않고 몇 년 동안만 비바람을 견딜 수 있으면 되겠다고 생각해요. 그 옆엔 제가 좋아하는 수수꽃다리 나무를 심고요. 저를 화장해 나온 뼛가루 중 일부를 그 나무 밑에 뿌려주면 좋겠어요."

로스앤젤레스의 유서 깊은 기차역 유니언 스테이션. 브래드
피트의 호명을 받고 무대에 오른 윤여정은 영화 〈미나리〉로
아카데미상 여우조연상을 수상했다. 데뷔 55년 만에 쟁쟁한
경쟁자들을 제치고 한국 배우 최초로 오스카상을 거머쥔 것이
다. 그날 윤여정의 수상 소감은 오스카상보다 더 빛났다. "사실
경쟁을 믿지 않습니다. 제가 어떻게 글렌 클로스와 경쟁을 하
겠습니까? 글렌 클로스의 훌륭한 연기를 너무 많이 봐왔습니
다. 5명의 후보가 다른 영화로 각자의 역할을 해낸 승자입니
다. 단지 오늘 밤 제가 운이 좀 더 좋았을 뿐입니다." 이것이 문
화 권력자의 겸손이다.

재난 불평등

초강력 허리케인 '도리안'이 카리브해의 섬나라 바하마를 덮쳤다. 주택가는 폐허가 되고 공항마저 물에 잠겼다. '아바코섬'의 주택가도 흔적 없이 사라지고 그 자리에 호수 같은 물웅덩이가 생겼다. 이 난리에도 부촌인 빌라촌 주민들은 큰 피해를 입지 않았다. 빌라촌 주민들은 위성통신을 이용한 경보시스템에 허리케인 경고가 뜨자 배를 타고 모두 피신했다. 반면에 서민층과 빈곤층 주민 7만여 명은 엄청난 피해를 입었다. 당국이 대피령을 내렸지만 이들은 갈 곳이 없었다. 대부분 낮은 임금을 받으며 허드렛일을 하는 아이티 이주 노동자들이었다.

이상 고온으로 그린란드 빙하가 빠른 속도로 녹고 있다. 그린란드 빙하가 모두 녹으면 전 세계 해수면을 7.5m 상승시킨다고 한다. 해수면이 상승하면 해안 지역은 침수되거나 극한 태풍과 폭풍해일의 위험에 처하면서 큰 재앙을 맞게 된다. 반면에 그린란드 빙하가 녹으면 석탄, 구리, 금, 아연 등을 채굴하기 위한 광물 탐사가 용이해져 그곳에 투자한 세계 억만장자들은 더 많은 돈을 벌게 될 것이다.

과학자 존 머터는 자연과학과 사회과학의 경계에서 쓴 책《재난 불평등》에서 다음과 같이 통찰했다. "부자가 이기고, 가난한 사람이 진다. 불평등이 극심한 세상에서는 자연재해의 결과 또한 불공평할 것임을 확실히 짐작할 수 있다." "재난은 모두가 서로를 끌어주는 계기가 될 거라고 믿고 싶겠지만 그렇지 않다." "재난을 활용하는 방법은 비교할 수 없을 정도로 다르다. 부자는 이용하고, 가난한 사람은 이용하지 못한다. 슘페터의 광풍은 부자의 요트에 바람을 불어넣지만, 가난한 자의 부실한 탈것은 가라앉게 만든다. 부자는 더 멀리 피할 수 있지만, 가난한 사람은 빈곤의 덫에 갇혀 있거나 덫 안쪽으로 더욱

미끄러져 들어간다."

사회적 불평등 연구자 로버트 라이시 교수는 코로나19 상황에 처한 미국인들의 계급을 4개로 구분했다. 첫 번째 계급은 '원격 근무가 가능한 노동자'다. 전문·관리·기술 노동자로, 이들의 임금은 코로나 이전과 변화가 거의 없다. 두 번째 계급은 '필수적인 노동자'다. 의료 분야에 종사하는 노동자, 트럭 운전 기사, 창고·운수 노동자, 경찰관·소방관·군인 등이다. 위기 상황에 꼭 필요한 노동자로, 일자리를 잃지는 않지만 코로나19 감염 부담이 뒤따른다. 세 번째 계급은 '임금을 받지 못한 노동자'다. 소매점·식당 등에서 일하거나 제조업체 직원들로, 코로나19 위기로 무급휴가를 떠났거나 직장을 잃은 사람들이다. 마지막 계급은 '잊혀진 노동자'다. 이들은 감옥이나 이민자 수용소, 이주민 농장 노동자 캠프, 아메리칸 원주민 보호구역, 노숙인 시설 등에 있는 사람들이다. 이들은 물리적 거리두기가 불가능한 공간에서 머무르기 때문에 코로나19 감염 위험이 가장 높다. 라이시 교수는 "필수적 노동자들이 충분히 보호받지 못한다면, 임금 미지급 노동자들이 건강보다 경제활동을 우선

시해 일터로 돌아간다면, 잊힌 사람들이 그대로 잊힌다면 어느 누구도 안전할 수 없다"고 했다.

재난은 누구에게나 평등하게 다가오는 것이 아니라 사회적 약자에게 더 가혹하다. 재난은 자연적이지만, 재난 이전과 이후의 상황은 순전히 사회적 현상이 되는 것이다. 따라서 사회적 정의와 공정성을 위해서라도 재난 관련 제도를 더욱 공정하게 개선하고, 취약한 집단에 대한 보호와 지원을 강화해야 한다. 그리고 사회 구성원 모두가 재난을 올바르게 인식하고, 안전하고 공정한 대응을 위해 함께 노력해야 한다.

정치 과잉 시대

정치권력은 대중가요마저도 정권의 입맛대로 통제했다. 〈아시아경제〉왕성상 기자의 글 "광복 70주년 기록으로 본 금지곡들"의 일부를 옮겨본다.

(…) 김민기의 〈아침이슬〉은 처음엔 건전가요로 인정됐지만, 운동권 학생들이 자주 부르고 노랫말이 저항의식을 북돋을 수 있다며 금지됐다. "긴 밤 지새우고 풀잎마다 맺힌…"에서 '긴 밤'이 1970년대 유신정권을 뜻한다는 것이 금지 사유였다. 그러나 〈아침이슬〉은 1970년에 발표됐고 유신은 1972년 10월

17일 선포됐다. 금지하기 위해 억지로 갖다 붙인 것이다. 송창식의 〈왜 불러〉는 자유를 향한 외침을 대변했으나 정부의 긴급조치 9호로 금지곡이 됐다. 제목이 반말 투이고 반항적 정서를 일으킨다는 이유에서였다. 영화 〈바보들의 행진〉 삽입곡인 이 노래는 경찰들의 장발 단속에 쫓긴 젊은이들이 달아나는 장면에서 흘러나와 당국의 미움을 샀다. 한대수의 〈물 좀 주소〉는 물고문을 연상시킨다는 이유로 금지되었고, 〈행복의 나라로〉는 "지금은 행복하지 않은 것이냐"며 금지됐다. (…)

오늘날 한국의 정치 상황에 대해 임성호 교수는 이렇게 말한다. "독립성을 생명처럼 중시해야 할 사법부마저 정치화 논쟁에 휘말려 신뢰를 잃고 있음은 국가 근간을 뒤흔드는 일이다. 공익을 내세우는 시민단체들이 정치의 진영 논리로 양극화된 데 더해 언론계, 학계, 교육계도 진실 추구, 지식 창출, 인재 육성이라는 취지가 무색하게 정치권과 맞물리며 흑백논리로 경직되고 있다. 가속도가 붙은 정치화는 이윤 추구가 작동 원리인 경제계마저 위협하고 있다. 이젠 국민의 일상사까지 정치에 지배당해 이분법적 진영 논리가 대인관계의 친소를 규정짓는 지경에 이르렀다."

미안함과 속죄의식으로 특파원 생활을 시작했고 그 마음은 지
금도 변함없다는 일본 〈산케이〉 신문의 객원 논설위원 구로다
가쓰히로. 한국에 여행 왔다가 조용필의 〈대전 블루스〉에 매
료돼 한국을 제대로 탐구하는 기자가 되고 싶었다는 그는 '정
치 과잉'이 앞으로 한국 사회를 위협하는 큰 요인이 될 것이라
고 했다. 그러나 좋은 정치라면 과잉을 나무랄 이유가 없다. 정
치가 우리 사회를 더 바람직한 사회로 이끈다면 탓할 것이 뭐
있겠는가. 문제는 모든 것을 정치적으로 해결하려는 무모한
시도다.

한국 최고의 연구기관에서 '인공지능 분야' 신임 교수를 '블라
인드 채용 방식'으로 뽑았다고 한다. 인적 사항과 학력 등 개
인 신상정보를 보지 말고 교수를 선발하라는 정부의 '블라인
드 채용' 지침 탓이었다. 출신 학교와 지도교수에 대한 정보는
지원자의 학풍과 역량을 판단하는 데 매우 중요한 자료다. 선
발위원회도 이를 모를 리 없건만 정부의 지침 때문에 출신 대

학도, 지도교수도 덮은 채 신임 교수를 선발했다. '블라인드 채용 방식'의 명분은 정부가 표방하는 '공정'을 구현한다는 것이다. 취지야 충분히 이해할 수 있지만, 연구기관의 교수마저 '블라인드 채용'하라는 것은 정치가 도를 넘은 것이다.

정치 과잉 시대란 정치가 사회 전반에 지나치게 영향을 미쳐 정치적 갈등이 과도하게 부각되는 시대를 의미한다. 과도한 정치적 갈등은 사회적인 조화와 협력을 저해하고 불안과 불안정을 증가시켜 사회를 분열시킨다. 또한 의사결정 과정이 복잡해지고 효율성이 저하되어 공공정책의 채택과 시행이 어려울 뿐만 아니라, 정치인과 정치 제도에 대한 신뢰도 하락으로 민주주의의 기반을 약화시킬 수 있다. 사회통합과 더 살기 좋은 사회로 이끌어야 하는 정치의 본질이 그 반대 방향으로 뒷걸음치며 후퇴하는 것 같아 안타깝다. 그렇다고 정치인만을 탓하는 것은 올바르지 않다. 생물은 자신의 생육에 적합한 토양 위에서 더 잘 자란다는 말을 생각해보면, 정치 과잉에 우리도 모두 한몫한 것이다. 이제라도 깨어나 정치가 제자리로 돌아갈 수 있도록 힘을 보태자.

차별은 서럽다

교황청 기관지 〈로세르바토레 로마노〉 산하 월간지인 〈여성, 교회, 세계〉는 요리와 청소, 식사 시중 등 허드렛일에 시달리는 수녀들의 삶을 소개하며, 수녀들이 불공평한 경제적·사회적 위상을 경험하면서 육체적·정신적 고통을 겪고 있다는 기사를 게재했다. 기사 속의 한 수녀는 "신학 이론 같은 주제로 박사학위를 받고도 아무런 설명을 듣지 못한 채 지적 성취와 관계없는 집안일이나 허드렛일을 명령받은 동료 수녀들을 알고 있다"라고 했다. 차별이다. 이에 대해 프란치스코 교황은 "성직에 임명된 여성들이 봉사가 아닌 노예노동을 하는 걸 자주 봤다"며 "수녀의 소명은 봉사, 교회에 대한 봉사이지 노예 노동이 아니다"라고 지적했다.

민간 공익단체 '직장갑질119'가 공개한 사례를 보면, 하청 노동자들은 여전히 불법 파견과 원청 갑질 등 이중고에 시달리는 것으로 나타났다. "본사 관리자들이 상주하는 물류센터에는 에어컨을 틀어주지만, 하청 노동자들이 주로 일하는 곳에선 기온이 35도를 넘어도 에어컨을 틀어주지 않는다." "야간 근무를 해도 하청 노동자들에게는 따로 저녁 시간이 주어지지 않아 업무 중간에 컵라면으로 허겁지겁 배를 채운다." 더 기가막힌 것은, 하청 노동자는 죽어서도 차별을 받는다는 점이다. 권영국 변호사에 따르면, 발전 5사 내부 경영실적 평가 지표에서 원청 노동자가 사망했을 때 공식에 따라 12를 곱해 감점하는데, 하청 노동자는 4를 곱해 평가점수를 깎는다고 한다. 죽음도 차별하는 것이다.

차별은 상대적 박탈감을 유발한다. 상대적 박탈감은 다른 대상과 비교하여 권리나 자격 등 당연히 자신에게 있어야 할 어떤 것을 빼앗긴 듯한 느낌이 드는 것이다. 어느 기간제 교사의 이야기다. 학생이 잘못을 저질러 징계 결정을 하고 학부모에게 알렸는데, 학부모가 술을 마시고 전화해 "기간제 교사 주제에 어디에다 대고 입바른 소리를 하느냐"며 폭언을 했다고 한다. 교사는 자존심이 상했지만 학교에 별다른 내색을 할 수 없었다. 재계약에 대한 불안감이 큰 기간제 신세라는 게 무척 서러웠다고 한다. 누구든, 어떠한 경우든, 이제 차별을 멈추어야 한다. 서러움이란 슬픔처럼 생득적이거나 자연적으로 발생하는 것이 아니라 사회적 관계에서 형성되는 차별과 박탈의 산물이기 때문이다.

모 일간지에 "세상은 온통 '오른쪽'… 서러운 왼손잡이의 하루"라는 기사가 실렸다. 왼손잡이 전용 마우스를 구하기가 힘들고, 빌딩 출입문을 보면 대개 왼쪽이 고정문이고, 강의실에서 주로 쓰는 일체형 책상도 오른쪽에 손잡이가 붙어 있고, 가위는 오른손으로 사용할 때 제 기능을 발휘하고, 하다못해 일식집 초밥도 오른쪽 대각선으로 정렬되어 있어서 초밥을 먹으려면 팔을 비틀어야 한다는 왼손잡이들의 항의(?)다. 글을 읽다 보니까 오른손잡이인 나는 새로운 발견이라도 한 듯 '아, 그렇네'라는 생각이 들었다. 서러운 왼손잡이. 왼손잡이들이 느끼는 서러움은 자신이 왼손잡이여서가 아니라 왠지 차별받고 있다는 느낌에서 오는 감정일 것이다.

국제학술지 〈네이처〉는 1900~2017년 발표된 유전자 관련 논문 704,515편을 분석해 논문에 많이 언급된 유전자 'Top 8 genes'를 발표했다. 논문에 가장 많이 언급된 유전자는 암 억제 단백질인 P53을 만드는 데 관여하는 TP53이었다. 다음으로 폐암이나 황반변성, 치매 관련 유전자들이 뒤를 이었고, 논문에 한 번도 언급되지 않은 유전자도 전체의 3%나 되었다. 논문에 적게 언급되거나 한 번도 언급되지 않은 유전자는 연구해봐야 돈이 안 되거나 관심을 끌 수도 없는 유전자들이었다. 유전자도 평등한 대우를 받는 것은 아닌 모양이다.

잊지 않는다는 것

〈경향신문〉 1면에 1,200명의 이름이 실렸다. 소설가 김훈은 이를 보고 "하단 광고를 들어낸 그 넓은 지면은 별다른 편집적 장치나 해석이 없이 깨알 같은 활자만을 깔아놓고 있었다. 거칠고 메마른 지면이 눈앞에 절벽을 들이대고 있었는데, 강력한 편집자는 멀리 숨어서 보이지 않았다"라고 썼다. 그들은 모두 밥벌이 갔다가 지게차에서 떨어지고, 압축 장치에 끼이고, 가스에 중독돼 죽은 사람들이다.

서울 구의역 9-4 승강장. 청년 노동자 한 명이 스크린 도어를 고치다 진입하던 열차에 치여 숨졌다. 시간의 압박을 받은 청년은 2인 1조 근무 원칙이 지켜지지 않은 상황에서 혼자 작업을 하다 사고를 당한 것이다. 식사 시간마저 따로 없었는지 그의 가방엔 컵라면 한 개와 나무젓가락, 그리고 숟가락이 들어 있었다. 5년이 지나고 청년의 추모식이 열렸다. 추모객 중 한 명이 컵라면과 일회용 젓가락을 스크린 도어 앞에 놓았다. 스크린 도어는 슬픔이 적힌 포스트잇들로 덮였고, 그중 하나에는 "한창 피어날 나이에 귀한 생명이 희생되어 마음이 너무 아팠던 게 기억납니다. 잊지 않겠습니다"라고 씌어 있었다.

충남 태안화력발전소. 청년 노동자 한 명이 숨진 채 발견됐다. 입사 3개월 차인 그는 석탄을 나르는 컨베이어가 제대로 작동하는지 확인하는 일을 했다. 2인 1조 근무 규정은 지켜지지 않았다. 직원들이 4조 2교대로 12시간씩 일하는데, 야간에는 근무자가 적어서 더 위험할 수밖에 없었다. 1년 후 서울 종각역 사거리에서 청년의 추모 대회가 열렸다. 청년의 어머니와 발전소 노동자, 그리고 반복되는 중대 재해에 고통받는 금속·건설 노동자들과 시민이 모였다. 그들의 손에는 "죽지 않고 일할 수 있게! 차별받지 않게!"라고 쓰인 팻말이 들려 있었다.

지금도 매달 수백 명의 노동자가 사망하고 있다. 지게차에서
떨어지고, 차량 압축 장치에 끼이고, 가스에 중독되고, 베드와
이송기 사이에 끼이고, CO_2 소화 약제에 질식하고, 설비 장치
에 끼이고, H형강에 깔리고, 유압프레스 볼트에 맞고, 펌프카
배관에 부딪히고, 원단과 롤러 사이에 끼어서 죽는다. 그때마
다 사람들은 다짐한다. 절대 잊지 않겠노라고. 그러나 지금도
죽음의 행렬은 계속되고 있다. 왜 나아지지 않는가? 망각 때문
이다. 기업가도, 관료도, 사회도 모두 고치겠다고, 죽음을 헛되
지 않게 하겠다고 했던 애절한 다짐을 잊어버리고 어제처럼
내일도 관행을 거듭하고 있다. 기억해야 한다. 그리고 그 잊을
수 없는 기억으로 밥벌이를 위협하는 모든 관행을 없애야 한
다. 그렇지 않으면 밥벌이 간 청년이 죽을 때마다 그 부모는 울
고 또 울 것이다. "가난한 아비를 절대 용서하지 말라"고.

'청줄청소놀래기'라는 물고기가 있다. 남해 도서 연안에서 볼
수 있는 작은 물고기다. 이 물고기는 다른 물고기의 피부나 입

속 찌꺼기를 먹고 산다. 이 물고기가 1년 전에 일어났던 일을 기억한다는 연구 결과가 나왔다. 연구자들은 외딴 산호초에 사는 청소놀래기를 채집했다. 그물을 던지고 청소놀래기를 몰아 그물에 걸리게 하는 방식이었다. 그러나 이듬해 연구자들이 똑같은 방식으로 청소놀래기를 잡으려 하자 청소놀래기는 산호초에 숨어서 나오지 않았다. 산호초를 벗어났다가는 그물에 걸린다는 사실을 15cm도 되지 않은 그 물고기들은 기억하는 것이다.

이것이 공정이다

독일의 경제학자 베르너 귀트가 고안한 '최후통첩 게임'이라는 것이 있다. 전혀 이해관계가 없는 낯선 두 사람이 돈을 나누는 게임인데, 조건은 간단하다. A에게 일정한 돈을 주고 B와 나누도록 한다. 이때 B는 A가 제안한 금액을 수락할 수도 있고 거절할 수도 있다. B가 제안을 수락하면 제안된 금액대로 두 사람이 나누어 가지지만, B가 제안을 거절하면 두 사람 모두 한 푼도 갖지 못한다. 고전경제학의 이론대로라면 A는 자신이 금액을 많이 차지하는 방식으로 제안을 할 것이고, B는 제안 금액이 아무리 적더라도 수락할 것이다. A의 제안을 거절하면 아무것도 얻지 못하기 때문이다. 그러나 게임 결과는 경제학자들을 놀라게 했다. 참가자들이 자신의 이익에만 관심을 가질 것이라는 예상과는 다르게 A는 대략 40%의 정도의 몫을 상대에게 주는 방식으로 제안을 했고, B는 무조건 제안을 수락하는 것이 아니라 자기 몫이 30% 미만일 때는 제안을 거절했다. 경제적 행위를 하면서도 개인적 이익 못지않게 공정성 역시 중시한 것이다.

네덜란드 왕위 계승 서열 1위 아말리아 공주. 공주가 총리에게 손편지를 보냈다. 자신이 매년 받게 되는 왕실 수당을 향후 몇 년간은 받지 않겠다는 내용이었다. 공주는 아무것도 하지 않고 받는 혜택이 불편하다며, 네덜란드 공주로서 업무를 수행하는 데 비용이 많이 들 때까지 돈을 받지 않겠다고 했다. 공주로 태어난 것이 불공정한 것은 아니다. 공주로서 아무것도 하지 않으니 수당을 받지 않겠다고 하는 것이 공정한 것이다.

2019년 터키에서 유소년 축구대회가 열렸다. 알마즈베코프는 페널티 지역을 돌파하다 넘어져서 페널티킥을 얻어냈다. 골이나 다름없는 페널티킥. 그런데 막상 심판의 휘슬이 울리자 알마즈베코프는 골대와는 많이 벗어난 엉뚱한 방향으로 공을 차버렸다. 심판의 페널티킥 판정에 대해서 상대편 선수들이 잘못된 판정이라고 거세게 항의했고, 알마즈베코프도 자신이 넘어진 이유가 상대방 수비수 때문이 아니라는 것을 알고 있었기 때문이다. 이 13살 소년은 자신이 얻은 페널티킥이 정당하지 않다는 것을 알았기 때문에 득점 또한 부당하다고 생각한 것이다.

2020년 스페인에서 '산탄데르 트라이애슬론 대회'가 열렸다. 영국의 제임스 티글과 스페인의 디에고 멘트리다는 얼마 남지 않은 결승선을 향해 뛰고 있었다. 티글이 앞서고 있었으나 실수로 정해진 코스를 벗어나자 멘트리다가 앞서게 되었다. 그런데 이때 돌발상황이 벌어졌다. 멘트리다가 결승선 앞에서 멈춰 선 것이다. 순간 모두 의아했지만, 티글이 결승선 가까이 도착했을 때 기다리던 멘트리다는 티글의 등을 밀어 선두를 양보했다. 무슨 일이 벌어진 것일까? 멘트리다는 경기 후 이렇게 말했다. "티글은 경기 내내 나보다 앞서 있었다. 그가 실수로 정해진 코스를 벗어나 나에게 뒤처지게 되었다는 것을 알았기 때문에 나는 결승선 앞에서 멈췄다. 그는 메달을 받을 자격이 있다."

인간이나 그를 둘러싼 세상은 근본적으로 부조리한 상태에 있고, 이 부조리한 상태가 부조리한 상황을 만든다. 다양한 인간의 집합체인 사회는 본질적으로 평등하지도, 공평하지도, 온전하게 올바르지도 않다. 따라서 부조리한 상태와 부조리한 상황의 본질을 제대로 인식하고, 혜택을 받은 사람들이 혜택을 받지 못한 사람들에게 공정한 행위로 선의를 보일 때 부조리한 세상의 불평등과 불공정은 조금이나마 해소될 것이다.

특별하려면 이 정도는 돼야지

"언제나 평등하지 않은 세상을 꿈꾸는 당신에게 바칩니다." 서울 서초구에 들어서는 한 고급 아파트가 내건 홍보 문구다. 얼마 지나지 않아 그 홍보 문구는 사라졌지만 궁금했다. 평등하지 않은 세상을 꿈꾸는 사람에게 어울리는 집은 어떤 집일까? 캘리포니아 말리부에 팝스타 비욘세의 집이 있다. 일본의 유명 건축가 안도 타다오가 설계한 이 집은 부지 면적 8에이커(약 9,800평), 주택 면적 42,000제곱피트(약 1,180평)로, 매입 가격은 1억 9,000만 달러(약 2,485억 원)였다. 평등하지 않은 세상을 꿈꾸려면 이 정도는 돼야 하지 않을까.

애완견 오마카세가 유행이다. 셰프에게 요리를 전적으로 맡긴다는 의미의 '오마카세'는 셰프가 계절에 따라 가장 좋은 식재료를 사용해 우아하고 예술적인 요리를 손님에게 제공하는 방식으로, 세련된 고급 식사의 대명사다. 서울의 한 애완견 오마카세 카페에서는 캥거루 고기 2점과 소고기 2점을 개에게 직접 구워주는 요리가 있는데, 고기를 구울 때 뜨거움을 식힘과 동시에 고기의 향이 반려견의 입맛을 돋우도록 부채질을 한다고 한다. 이쯤 되면 좀 특별하기는 하다.

여유가 없어도 프러포즈만은 특별해야 한다. 결혼을 준비하는 한국 남자들은 명품백을 사기 위해 돈을 모아 오픈런하고, 여자들은 "저 프러포즈 받았어요" 하면서 샤넬, 디올, 루이비통을 SNS에 올린다. 원래 프러포즈는 청혼, 곧 결혼에 대한 상대방의 의사를 물어보는 것인데, 결혼할 의사가 있는지를 물으면서 수백, 수천만 원을 쓰는 한국 남자들의 프러포즈는 이상하게 특별한 셈이다.

아프리카 동부 탄자니아에서 약 60km 떨어진 펨바섬에서 한 남성이 익사했다. 이 남성은 프러포즈를 하기 위해 여자친구를 객실에 남겨두고 혼자 바닷속으로 들어갔고, 해저 호텔 객실 유리창을 통해 여자친구에게 비닐에 싼 종이 한 장을 보여줬다. 종이에는 '내가 당신을 얼마나 사랑하는지 다 말할 수 있을 만큼 오래 숨을 참을 수는 없지만, 난 당신의 모든 것을 사랑하고 매일 더 사랑해'라고 씌어 있었다. 이어 남성은 종이를 뒤집어 '나랑 결혼해줄래?'라는 문구를 보여주며 결혼반지도 꺼내 보였다. 그러나 이 남성은 바닷속에서 빠져나오지 못하고 숨을 거두었다. 특별 좋아하다 목숨을 잃은 것이다.

특별함을 좋아하는 것과 특별하게 보이고 싶은 것은 다르다. 사람이 특별함을 좋아하는 이유는 독특하고 특별한 존재로서 자아를 인정받고자 하는 본능적 욕구뿐만 아니라, 일상에서 벗어나 새로운 경험을 쌓고 색다른 감정을 느낄 수 있는 기회가 되기 때문이다. 반면에 특별하게 보이고 싶은 이유는 자신의 재능과 능력을 타인에게 알려 특별한 존재로 인정받음으로써 자존감을 높이고 내적 안정감을 얻으려는 것이다. 따라서 특별함을 좋아하는 것이 자신의 내면과 관련된 자아실현 욕구라면, 특별하게 보이고 싶은 것은 타인의 평가와 관련된 인정 욕구다. 평등하지 않은 집에 살고 싶고, 특별한 프러포즈를 받거나 하고 싶은 것은 특별하게 보이고 싶은 인정욕구와 관련이 있다. 심리학자 매슬로우는 욕구에도 계층이 있다고 했다. 그의 주장에 따르면, 인정욕구는 자아실현 욕구보다 차원이 낮은 욕구다. 특별하게 보이고 싶은 것이 대수롭지 않다는 것은 아니다. 타인에게 특별하게 보이려 애쓰는 것보다는 자기 자신이 특별해지도록 노력하는 것이 더 가치 있는 일이라는 말을 하고 싶을 뿐이다.

내일은 비가 오지 않게 해주세요

플랫폼은 슬픈 단어인가? 독일이 그리스를 침공하자 청년은
레지스탕스로 활약하기 위해 사랑하는 연인을 남겨두고 카테
리니 행 기차를 탄다. 기차는 8시에 떠나고… 전쟁이 끝나도
청년은 돌아오지 않고, 여자는 기차역 플랫폼에서 애타게 연
인을 기다린다. 〈기차는 8시에 떠나네〉. 그리스 출신 메조소프
라노 아그네스 발차의 뮤직비디오를 본 후로는 '플랫폼'이라
는 단어만 나와도 눈 내리는 플랫폼과 아그네스 발차의 애절
한 노래가 떠오른다. 내일은 비가 오지 않게 해달라고 날마다
기도한다는 배달 라이더. 온라인 플랫폼이라는 새로운 토양

위에 뿌리내리기 시작한 이들에게 배달은 일시적 부업이 아니라 자신의 목숨과 가족의 생계를 싣고 달리는 생명줄 같은 것이다.

플랫폼 기업은 라이더를 등급 평가 시스템과 인공지능 알고리즘으로 통제한다. 과업의 할당과 수행 방법, 보수 지급 방식 등을 기업으로부터 통제받기 때문에 실제로 라이더는 사용자의 지시를 받는 근로자다. 그런데 법적으로 라이더는 사장이다. 자영업자 신분이기 때문에 오토바이 대여료, 보험료, 유류비 등 배달에 드는 모든 비용을 자비로 부담하고, 고용보험과 산재보험 등 법적 안전망의 혜택도 누릴 수 없다. 왜 이렇게 되었을까? 영국의 저명한 노동법학자인 제레미아스 아담스 프라슬은 저서 《플랫폼 노동은 상품이 아니다》에서 플랫폼 기업들이 규제를 피하고 사회적 책임을 모면하기 위해 자신을 '중개자'로, 근로자를 '독립적 기업가'로 위장시켰다고 주장했다.

2018년 미국의 음식 배달앱 '캐비아'의 배달기사 파블로 아벤다노가 빗길에 배달하다 교통사고로 숨졌다. 유족들은 그가 캐비아의 직원이 아니라는 이유로 한 푼의 보상도 받지 못했다. 이에 분노한 동료들은 노조를 결성하여 대응했다. 플랫폼 작업자는 노동자인가, 자영업자인가? 많은 논란 끝에 2019년 미국 캘리포니아주 의회는 플랫폼 노동자도 일반 근로자와 동일하게 고용보험, 건강보험 등의 혜택을 받도록 하는 법안을 통과시켰다.

긱(gig) 경제. 산업 현장에서 필요에 따라 노동자와 임시로 계약을 맺은 뒤 일을 맡기는 고용 형태로, 향후 다양한 분야에서 빠르게 확산될 것으로 예상된다. 긱 경제는 소자본·개인화를 기반으로 많은 특화 시장을 제한 없이 확대할 수 있고, 비경제활동 인구의 노동 참여를 촉진하는 효과를 가져오기 때문이다. 그러나 아직도 플랫폼 노동자, 외주업체 노동자, 호출 대기 노동자 등 긱 노동자들은 노동법상의 권리를 온전히 보장받지 못하고 있다. 더구나 일반 기업의 노동자들은 기업이 이익을 남기면 임금 인상이나 성과급 등 다양한 형태로 이익을 나누어 받는 것에 비해 플랫폼 노동자는 플랫폼이 막대한 이익을 남겨도 그 이익을 나누어 받지 못한다. 이익도 나누어 받지 못하면서 노동자로서 보호도 받지 못하는 이중고를 겪는 셈이다.

내일은 비가 오지 않게 해달라고 날마다 기도한다는 배달 노동자. 미국이나 유럽에서는 배달 노동자를 '에센셜 워커'나 '키워커'라 부른다. 국민의 생명과 안전, 사회기능 유지를 위해서 필수적으로 필요한 핵심적인 서비스를 제공하는 노동자라는 의미다. 긱 경제가 올바르게 작동하기 위해서는 이제라도 플랫폼 사업의 시스템을 다시 측정하고, 플랫폼 노동자에 대한 노동법 적용을 확대해야 한다.

함께 맞는 비

온라인 커뮤니티에 너무 비참해서 찍었다는 한 장의 사진이 올라왔다. 사진에는 어슴푸레 동이 트는 거리를 배경으로 비가 내리고, 넘어진 오토바이와 팽개쳐진 배달통, 그리고 쓰러진 남자의 두 다리가 담겨 있었다. 사진을 올린 배달원도 똑같이 넘어지는 사고를 당했지만, 먼저 넘어져 신음하는 남자의 모습을 보고 '너무 아팠고, 뭔가 비참한 느낌이 들어' 사진을 찍어 올렸다고 했다. 누구는 단잠을 자고, 누구는 차려준 아침을 먹고, 누구는 헬스장에서 몸을 만들고 있을 시간에 누구는 먹고살려고 배달하다 쓰러진 것이다. 사진은 울고 있었다.

가난은 그의 선택이 아니었지만 그를 더할 수 없이 슬프고 비참하게 만들었다. 그러나 본질은 가난이 그를 비참하게 만든 것이 아니라, 가난에 대한 사람들의 시선이 그를 비참하게 만든 것이다. 새벽, 인적도 없는 거리, 볼 사람도 없는데… 팽개쳐져 나뒹구는 자신의 꼴을 누군가가 볼 수도 있다는 생각에 비참함을 느낀 것이다.

가난 때문에 고통받는 사람들이 많다. 심각한 것은 가난이 생계는 물론 정신까지 망가뜨린다는 점이다. "애비는 종이었다"는 미당은 "가난이야 한낱 남루에 지나지 않으니 가난이 타고난 살결, 타고난 마음씨까지 다 가릴 수는 없다"고 했지만, 요즘 가난은 그렇게 만만치 않다. 빈곤한 삶은 타고난 살결, 타고난 마음씨까지 다 거칠게 만든다.

가난은 생존과 안전에 필요한 기본적인 자원과 서비스마저 접근하기 어렵게 만들어 개인의 존엄성을 침해할 뿐만 아니라, 삶과 관련된 선택의 폭을 좁혀 개인의 자유를 제한한다. 더하여 가난은 사회적 활동이나 문화적 모임에 참여하는 것을 어렵게 만들어 가난한 사람은 사회적으로 격리되거나 배제되기 쉬우며, 이러한 사회적 분리와 소속감 결여는 개인의 정서적 안녕과 삶의 만족도에도 부정적인 영향을 미친다. 더욱이 가난한 사람을 대하는 사회적 배타성과 차별은 삶과 미래에 대한 희망과 자신감을 잃게 할 뿐만 아니라, 사회 전반의 공정성과 풍요로움을 위협하여 사회적 결속력을 약화시킨다.

가난은 잘못이 아니다. 타고난 가난은 선택할 수 있는 것이 아니니, 누군가가 가난하다는 것은 자신이 처할 수도 있는 가난을 그 사람이 대신한 것일 수도 있다. 그래서 경제적으로 풍요로운 사람은 가난한 사람에게 부채 의식을 가져야 한다. 열린 마음으로 가난을 대하고, 가난한 사람의 서러움과 좌절을 깊은 마음으로 공감하며, 그들의 힘겨운 밥벌이를 함께 보듬고 위로해야 한다.

굶주린 처자식을 먹여살리려 매 품팔이(죄를 지은 부자 대신 매를 맞고 품삯을 받는 일)에 나선 흥부가 곡절이 생겨 매도 못 맞고 빈손으로 풀이 죽어서 집에 왔다. 웬걸, 마누라가 정화수를 떠놓고 "서방님 매 맞지 않게 해달라"며 빌고 있는 것이 아닌가. 이를 본 흥부는 일이 틀어진 이유가 마누라 때문이라 생각하고 화가 나서 때리지만, 마누라는 주먹을 피하기는커녕 덩실덩실 춤까지 춘다. 모진 매를 맞고 반죽음으로 돌아올 것으로 생각한 서방님이 아무 탈 없이 돌아와 그저 기쁘기만 한 것이다. 기실 마누란들 이 상황이 마냥 흥이 나서 춤을 췄겠는가. 흥부의 절망을 모를 바 없는 마누라가 서방님의 터져나오는 울음을 춤으로 감싸안은 것이다. 이것이 진정한 위로다.

효율적 이타주의

하얀 털에 푸른 눈동자를 지닌 버마고양이 '슈페트'. 세계적 패션디자이너 카를 라거펠트의 반려묘인 이 고양이는 24시간 자신을 돌보는 경호원 1명과 2명의 전용 가정부, 인스타그램 전용 작가까지 두고 있다. 그리고 식사는 킹크랩과 훈제 연어, 캐비아가 섞인 전용 사료를 은쟁반에 받아먹는다. 이 고양이에게 세계의 이목이 쏠렸다. 2억 달러로 추산되는 라거펠트 유산의 상속자로 지목됐기 때문이다(2019년 라거펠트 사망 후 이 고양이가 200만 달러를 상속받았다고 알려져 있다). 미국 남동부 테네시주 내슈빌에 사는 보더콜리 '룰루'도 유산을 물려받게 됐다. 이 개의 주인인 사업가 빌 도리스는 "내가 죽자마자 500만 달러를 룰루를 양육하는 데 신탁할 것이다. 신탁 금액 전부는 룰루의 필요를 충족시키는 데만 제공될 것이다"라는 유언을 남기고 사망했다.

고려대학교 본관 인촌챔버. 전 재산을 대학에 기부한 김영석·양영애 부부는 상기된 표정이었다. 초등학교도 나오지 못한 사람이 기부를 할 수 있어 기쁘다는 부부. "된장이랑 꽁보리밥만 10년 넘게 먹었지요." 부부는 청량리 무허가 판자촌 집에서 15년을 살았다. 비가 내릴 때마다 머리맡으로 물이 떨어졌다. 그렇게 모은 돈을 가난한 학생들에게 장학금으로 주라고 전부 기부했다. 강남구청 복지과에 80대로 추정되는 할머니가 찾아 왔다. 할머니는 흰 봉투를 내밀며 "독거노인 등 어려운 이웃을 위해 써달라"는 말을 남기고 나갔다. 구청 직원이 쫓아가 이름이라도 알려달라고 요청했지만 할머니는 끝내 자신의 신분을 밝히지 않고 버스를 탄 뒤 사라졌다. 봉투 안에는 1억 5,000만 원짜리 수표가 들어 있었다. 광원산업 이수영 회장. 그는 "카이스트에서 우리나라 최초 노벨상 수상자가 반드시 나와야 합니다"라며 2020년 676억 원 상당의 부동산을 카이스트에 기부했다. 수백억대 자산가인 그는 명품 브랜드 대신 홈쇼핑 옷을 선호한다. 주로 만 원짜리다.

기부는 아름다운 것이다. 기부 문화에 신선한 바람을 불러일으킨 윌리엄 맥어스킬은 기부의 '효율적 이타주의'를 강조한다. 그는 저서 《냉정한 이타주의자》에서 이렇게 말했다. "효율은 주어진 자원으로 최대한의 효과를 거둔다는 의미다. 어떤 선행이 최대 다수에게 최대의 혜택을 제공하는지를 판단하려면 착한 일에도 질적인 차이가 있다는 점을 인식해야 한다. 남을 돕는 특정 방식이 소용없다거나 비판해야 한다는 말이 아니라, 가장 효율적인 선행이 무엇인지 꼼꼼히 따져보고 그것부터 먼저 실천하자는 말이다."

효율적 이타주의는 '세상을 개선하는 가장 효과적인 방법을 이성과 실증을 통해 모색하고 실천하는 철학이자 사회운동'이다. 개인의 만족보다는 사회 전반의 선을 추구하는 데 기부함으로써 지속 가능한 사회를 만들어가자는 것이다. 프린스턴대학의 피터 싱어는 "대부분의 사람들은 안타까운 사연이나 불쌍한 사진 한 장에 이끌려 이타주의를 발현시키고 있다"며, 타인을 돕는 데 있어서 이제는 더 이상 "감정이 아닌 이성적인 판단을 해야 한다"고 했다. 심금을 울리는 곳에 기부하는 것보다는 가장 많은 선을 이룰 수 있는 곳에 기부하라는 것이다. 그렇다면 무조건 자신의 이익보다 모르는 사람의 이익을 우선해야 하는가? 그렇지는 않다. 효율적 이타주의자는 삶의 여유와 즐거움을 누릴 시간과 자원을 유지한 채 나머지 잉여 시간과 자원을 기부한다. 자녀를 우선하되 특별하게 대우하지도 않으며, 가진 것을 다 자녀에게 물려주지도 않는다. 그들은 애완견이나 애완묘를 위해서 적정한 수준의 시간과 자원을 제공할 뿐, 나머지는 사회의 전반적 이익을 위해 기부한다.

3 부

포스트휴먼은
오지 않는다

꼭 이런 밤이었네

미국 할리우드를 멈추게 한 작가들의 파업이 종료됐다. 작가
가 작성한 시나리오를 AI가 편집할 수 없고, 작가가 AI의 결과
물을 각색하더라도 '오리지널 시나리오'로 간주한다는 것에
합의했다. 영국의 일간지 〈가디언〉은 이번 파업이 인류의 '창
의성'을 놓고 예술가와 로봇이 경쟁하는 시대가 왔다고 해석
했지만, 이는 다소 감상적인 해석이라 생각된다. 파업의 본질
은 AI 생성물이 작가의 업무나 보상에 미치는 부정적인 영향
을 차단하려는 것일 뿐, AI의 창의성을 제한해야 한다는 주장
은 아니기 때문이다.

일본 〈니혼게이자이〉 신문이 주최한 문학상 공모전에서 단편소설 한 편이 예심을 통과했다. "그날은 구름이 낮게 깔리고 어둠침침한 날이었다"로 시작되는 A4용지 3페이지 분량의 짧은 소설은 사람이 아니라 AI가 쓴 최초의 소설이었다. 이 사실이 알려지자 언론들이 먼저 호들갑을 떨었다. AI가 학습을 계속하면 문장의 변형과 융합을 넘어 창조까지 가능할 것이라고 했다. 난센스다. 이 소설이 완성되기까지 AI가 한 일은 20%도 안 된다. 사람이 먼저 소설의 기본 흐름과 내용에 맞춰 주어와 목적어를 입력해놓고, AI는 이것을 기본 알고리즘으로 삼아 학습된 단어들을 나열한 것뿐이다. AI가 학습을 더 강화한다고 해도 근본은 마찬가지다. AI는 더 많은 경우의 수를 익히겠지만, 글자와 문단들 사이의 관계와 맥락을 수치화한 맥락관계망을 벗어나지는 못한다.

"산허리는 온통 메밀밭이어서 피기 시작한 꽃이 소금을 뿌린 듯이 흐뭇한 달빛에 숨이 막힐 지경이다." 그 속을 장돌뱅이 허생원과 조 선달, 그리고 동이가 걷고 있다. "꼭 이런 날 밤이었네. 봉평은 지금이나 그제나 마찬가지지. 보이는 곳마다 메밀

밭이어서 개울가가 어디 없이 하얀 꽃이야. 돌밭에 벗어도 좋은 것을, 달이 너무도 밝은 까닭에 옷을 벗으러 물방앗간으로 들어가지 않았나." 거기서 허 생원은 난데없는 성 서방네 처녀와 마주치고 꼭 한 번의 첫 일을 치른다. 그뿐, 가세가 기울어진 성 서방네는 다음날 줄행랑을 치고, 허 생원이 제천 장판을 몇 번이나 뒤졌으나 처녀는 찾을 수 없었다. 그때부터 허 생원은 봉평을 마음에 두고 반평생 거르지 않고 찾는다. "모친의 친정은 원래부터 제천이었든가?" 아버지가 누군지도 모른다는 젊은 동이에게 허 생원이 묻는다. "웬걸요. 시원스리 말은 안 해주나 봉평이라는 것만은 들었죠." "봉평, 그래 그 애비 성은 무엇인구?" "알 수 있나요. 도무지 듣지를 못했으니까." "그… 그렇겠지." 허 생원은 중얼거리며 흐려지는 눈을 까물까물하다가 발을 빗디뎌 물에 빠지고, 탐탁한 등허리가 뼈에 사무쳐 따뜻한 동이의 등에 업혀 물을 건넌다. 나귀가 다시 걷기 시작했을 때 허 생원은 동이의 채찍이 왼손에 있는 것을 보고 동이도 자신과 같은 왼손잡이라는 것을 알아챈다. 이효석이 쓴 《메밀꽃 필 무렵》이다.

AI는 이렇게 쓸 수 없다. AI가 학습한 맥락관계망으로는 "흐뭇한 달빛에 숨이 막힐 지경"이라는 문장은 만들 수가 없다. '흐뭇한 달빛'도 창조된 것이고, '달빛에 숨이 막힐 지경'도 새로운 것이기 때문이다. AI가 쓴 소설은 이미 어디서 본 듯한 문장들로 짜깁기된 편집물에 지나지 않는다. 현재의 인공지능을 '창조 인공지능 모델'이라고 부르지 못하고 '생성 인공지능 모델'이라 부르는 이유다. AI에게 어머니를 주제로 소설을 쓰라고 하면 그 소설에는 신경숙, 박완서, 이청준 등의 어머니가 짜깁기된 괴이한 어머니가 등장할 것이다. 새로운 어머니다. AI가 세상에 없는 창작물을 만들 수는 있지만, 새로운 것이라고 모두 가치가 있는 것은 아니다.

노인이 어때서

나이 들면 시간이 더 빨리 가는 것처럼 느껴진다. 그것은 시계의 시간과 마음의 시간이 다르기 때문이다. 마음의 시간은 이미지로 구성되어 있다. 낙엽이 지는 것을 보고 겨울이 왔음을 알듯이 자신이 인지한 이미지가 바뀔 때 시간의 변화를 감지한다. 이미지는 감각기관의 자극을 통해 만들어지는데, 나이가 들면 뇌가 자극을 처리하는 속도가 느려져 이미지를 많이 만들어내지 못한다. 그래서 물리적 시간 속에 저장된 이미지 수가 젊은 사람보다 더 적다. 같은 시간을 보내건만 감지한 이미지가 적은 노인이 상대적으로 시간이 더 빨리 가는 것처럼 느끼는 것은 바로 이 때문이다. 다행스러운 현상이다. 나이가 들면 이것저것 생각할 것도 많은데, 뇌가 늙지도 않고 자극이 들어오는 족족 이미지를 만들어낸다면 늙은 몸으로 어찌 그것을 감당하겠는가. 시간이 빨리 가는 것이 다행이 아니라, 나이 들면 뇌도 늙는다는 것이 다행이다.

송나라 재상 주필대는 노인이 되면 열 가지 좌절을 겪는다고 했다. "대낮에는 꾸벅꾸벅 졸음이 오지만 밤에는 잠이 오지 않는다. 울 때는 눈물이 흐르지 않고 웃을 때는 눈물이 흐른다. 30년 전의 일은 모두 기억하지만 눈앞의 일은 돌아서면 잊어버린다. 고기를 먹으면 뱃속에는 없고 죄다 이빨 사이에 낀다. 흰 얼굴은 검어지고 검은 머리는 희어진다." 조선의 이익이 여기에 몇 가지를 더 보탰다. "눈을 가늘게 뜨고 멀리 보면 잘 보이는데, 눈을 크게 뜨고 가까이 보면 희미하게 보인다. 바로 옆에서 하는 말은 알아듣기 어려운데, 조용한 밤에는 비바람 소리가 들린다. 자주 허기가 지지만 밥상을 마주하면 잘 먹지 못한다." 반면에 조선의 정약용은 이런 것들이 좌절이 아니라 즐거움이라고 했다. "대머리가 되니 빗이 필요치 않고, 이가 없으니 치통이 사라지고, 눈이 어두우니 공부를 안 해 편안하고, 귀가 안 들려 세상 시비에서 멀어지며, 붓 가는 대로 글을 쓰니 손볼 필요가 없으며, 하수들과 바둑을 두니 여유가 있어 좋다."

영화 〈네 번의 결혼식과 한 번의 장례식〉 등에 출연한 로맨틱 코미디 영화의 퀸, 앤디 맥도웰. 60세를 넘기고도 변함없는 미모를 자랑하는 그녀가 제75회 칸 국제영화제에 평소의 풍성한 갈색 머리가 아닌 흰머리가 섞인 반백의 모습으로 나타났다. 코로나 기간에 미용실을 안 가다 보니 염색을 하지 않게 됐다는 그녀는 "회색 머리를 하고 나니 자신이 더 강력하고 진실성 있다고 느꼈고, 나 자신을 더 잘 느끼게 됐다"라고 했다. 젊어 보이려 더 이상 노력하지 않기로 한 이유를 묻자 그녀는 "늙어가는 일에 왜 그렇게 많은 수치심이 붙어야 하는가"라고 반문하며, "나이 들어도 괜찮다. 사람들이 정말로 그렇게 생각하게 되길 바란다"고 했다.

노인을 생각하면 어떤 이미지가 떠오르는가? 느리다, 괴팍하다 같은 부정적 이미지인가? 아니면 안정적이다, 지혜롭다 같은 긍정적 이미지인가? 만일 긍정적 이미지가 떠오른다면 당신은 건강하게 오래 살 가능성이 있다. 예일대 심리학자 베카 레비는 노화를 대하는 태도를 '연령 인식'이라 개념화하고, 긍정적 연령 인식이 노인들의 기능적 건강을 개선하고 질병과 부상에서 회복하는 데 도움을 준다고 했다. 긍정적 인식을 가진 집단이 부정적 인식을 가진 집단보다 평균 7.5년을 더 생존했으니, 연령 인식이 흡연이나 혈압보다 수명에 더 큰 영향을 미치는 중요한 변수인 셈이다. 특히 부정적인 연령 인식을 가진 젊은이는 긍정적인 젊은이보다 60세 전후에 심장마비나 심혈관 질환을 겪을 가능성이 2배나 높다고 하니, 노인에 대한 바른 태도뿐만 아니라 본인들을 위해서라도 젊은이들에게 노화를 제대로 가르쳐야 한다.

늙지도 않고, 죽지도 않고

담론. 특정 대상이나 개념에 대한 지식의 집합체로, 사회적으로 생산된 일련의 이념 혹은 사고방식이다. 그렇다면 특정 시대나 특정 사회를 지배하는 담론은 객관적으로 이성적인가? 그렇지는 않다. 권력과 지식의 관계를 연구한 프랑스의 철학자 미셸 푸코는 "진리는 그 자체로 진리이기 때문에 진리로 통용되는 것이 아니라, 진리의 위치에 있기 때문에 진리가 되는 것이다"라고 했다. 즉, 어떠한 권력이든 권력을 가진 사람들이 특정한 지식을 선택하고 그것을 진리로 만들어 담론을 형성하기 때문에 담론은 더 이상 객관적 이성이 아니라는 것이다.

구글의 레이 커즈와일은 인공지능의 발전이 가속화되어 2045
년에는 모든 인류의 지성을 합친 것보다 더 뛰어난 초인공지
능을 가진 슈퍼인텔리전스가 출현할 것이라고 예상했다. 유전
체학자들도 조만간 "영원한 젊음을 얻고 창조와 파괴라는 신
의 권능을 가진 인간"이 출현할 것이라고 호언하는가 하면, 아
마존의 제프 베이조스, 버진 갤럭틱의 리처드 브랜슨은 우주
여행을 하고 돌아와 우주관광 시대가 열렸다고 흥분하고 있
다. 테슬라의 일론 머스크는 한발 더 나아가 화성에 식민지를
건설하겠다고 법석을 떨고 있다.

그들 말대로라면 머지않아 병에 걸리지도 않고, 늙지도 않고,
죽지도 않고, 화성에서 느긋하게 낮잠을 즐기는 신세계가 올
것 같다. 그러나 눈앞의 현실은 그렇게 만만하지 않다. 지금 인
류는 "영원한 젊음을 얻고 창조와 파괴라는 신의 권능을 가진
인간"은커녕 눈에 보이지도 않는 미미한 바이러스에 맥도 못
추고 있다. 지구에 퍼진 코로나 바이러스를 다 모으면 얼마나
될까? 영국의 수리생물학자 크리스티안 예이츠 교수가 몇 단
계의 수학적 추론을 거쳐 계산한 수치는 160ml였다. 음료수

작은 캔 하나도 안 되는 이 병원체가 그 잘났다는 인류를 좌절과 공포로 내몬 것이다. 미래학자 제러미 리프킨도 "지난 200여 년 혹은 이전부터 인간은 자연을 다스릴 수 있는 자연의 주인이라고 생각했지만, 인간이 얼마나 하찮은 존재인가를 여기서 배워야 한다"며 이것은 하나의 경종이라고 했다. "마침내 우리는 대가를 치르고 있으며, 지구는 우리를 필요로 하지 않는다." 그러면서 "인간의 존재, 자연과의 관계를 다시 생각해야 한다. 회복력 있고 효율적인 시스템을 창조할 새 길을 찾기 시작해야 한다"고 했다.

그러나 객관적 이성과 논리적 구조를 갖춘 담론도 많다. 시대를 관통하며 미래를 제시한 가장 영향력 있는 담론 중 하나는 18세기 유럽의 '계몽주의'다. 이 지적 운동은 이성, 개인주의, 전통적 권위에 대한 회의주의를 강조하며 정치, 철학, 과학, 사회에 큰 영향을 미쳤고, 낭만주의, 자유주의와 같은 후속 운동에도 영향을 미쳐 서구 문명의 발전에 지속적인 유산을 남겼다. 또 근래 들어서 기억될 만한 담론 중의 하나는 2000년 6월에 미국 백악관에서 발표되었다. 빌 클린턴 대통령은 '인간 유전체 지도 초안 완성'을 선언하면서, "인간 유전체 지도는 인류가 생산해낸 가장 중요하고 경이로운 지도다. 오늘 우리는 신이 인간의 생명을 창조하면서 사용한 언어를 배우기 시작했다"라고 말했다. 그가 말한 '신이 인간의 생명을 창조하면서 사용한 언어'는 유전체를 의미한다. 그는 이 과학적 업적이 의학, 생물학 등에 미칠 심오한 영향, 그리고 생명의 본질에 대한 근본적인 역할을 강조했을 뿐만 아니라, 인간의 유전체를 은유적 표현을 동원하여 신성한 언어와 동일시함으로써 과학적 발견과 영적 경이로움 사이의 조화를 제안하여 과학계를 넘어 더 많은 사람의 공감을 불러일으켰다.

인공지능을 둘러싼 너무나 많은 담론이 생산되고 있고, 그것들이 객관적 이성과 논리적 구조를 갖추고 있는가를 평가하기도 쉽지 않은 세상이다. 탈진실의 시대. 객관적인 사실보다 감정이나 개인적 신념에 따른 주장과 정보가 사람들의 마음을 움직이고 여론 형성에 영향을 미치고 있다. 이 혼란의 시대를 살아가기 위해서는 비판적 사고가 필요하다. 비판적 사고는 단순히 정보를 받아들이는 것이 아니라, 그것을 분석하고 평가하여 합리적인 결론을 도출하는 사고방식을 말한다. 이는 사실과 거짓을 분별하고, 가치를 판단하며, 논리와 증거를 기반으로 의사결정을 내리는 것을 포함한다. 우리 사회도 이미 탈진실의 시대에 돌입했다. 비판적 사고를 기르지 않으면 오염된 진실의 늪을 벗어나지 못할 것이다.

이 재킷을 사지 마세요

블러드 다이아몬드. 아프리카 분쟁 지역에서 채굴되어 거래되는 다이아몬드를 '블러드 다이아몬드'라 한다. 다이아몬드 채굴과 거래를 둘러싸고 일어나는 희생과 피로 얼룩진 비극적 메커니즘 때문에 붙여진 이름이다. 세계 최대 주얼리 브랜드 '판도라'가 다이아몬드 채굴 중단을 발표했다. 2022년 이후 출시되는 모든 다이아몬드 제품에 광산에서 채굴되는 천연 다이아몬드 대신 실험실에서 만들어진 합성 다이아몬드를 쓰겠다는 것이다. 판도라가 더 이상 천연 다이아몬드를 쓰지 않는 이유는 젊은 소비자 사이에서 증가하는 지속 가능하고 윤리적인 소비 문화를 인식했기 때문이다.

기업의 사회적 책임은 경제적·법률적·윤리적·재량적 기대를 모두 포함하고 있다. 경제적 기대란 기업이 재화와 용역을 생산해주기를 바라는 기대이며, 법률적 기대와 윤리적 기대란 재화와 용역을 생산하는 과정에서 법을 준수하고 윤리적 행위를 요구하는 기대다. 재량적 기대란 법률적으로 하지 않아도 되지만, 하면 할수록 좋은 행동을 해주기를 바라는 기대다. 유감스럽게도 우리 대기업들의 사회적 책임 수준은 관대하게 평가해도 법률적·윤리적 기대조차 온전하게 충족시키지 못하고 있는 상황이다. 사회적 책임은 단지 사회에 대한 의무를 넘어 이제 기업의 경쟁력을 강화하는 데 매우 중요한 전략적 요인이 되고 있다. 특히 재량적 기대에 대한 기업의 대응은 매우 중요하며, 이런 과점에서 부각되고 있는 개념이 '사회적 가치'다.

사회적 가치란 사회·경제·환경·문화 등 모든 영역에서 공공의 이익과 공동체 발전에 이바지할 수 있는 가치를 말한다. 근래 들어 사회적 가치가 자주 언급되고 있는 이유는 기업이 경제적 가치를 생산해내는 과정에서 사회와 환경에 미치는 부정적 영향이 너무 커 이대로는 기업과 사회의 지속적 성장과 발전을 기대하기 어렵기 때문이다.

세계 최초로 공기주입식 타이어를 개발한 프랑스 기업 '미쉐린'이 공기를 주입하지 않아도 되는 타이어를 개발했다. 미쉐린이 공개한 '업티스'는 기존 타이어보다 튼튼하고 공기를 주입하지 않아 펑크가 나지도 않는다. 업티스가 일반화되면 타이어 수명이 획기적으로 길어져 판매량이 크게 줄어드는데, 130년 된 글로벌 타이어 회사가 '펑크 나도 교체할 필요 없는' 타이어를 개발한 이유는 뭘까? 복수의 비즈니스 부문을 가지고 있는 미쉐린이 지속적 성장을 위해 전략적 선택을 한 것이기도 하지만, 본질적으로는 온실가스와 미세먼지의 공포로부터 벗어나기 위한 환경적 측면을 고려한 것이다. 업티스의 출현으로 타이어를 덜 생산하게 되고, 그만큼 원재료 소비 감소를 비롯한 반환경적 요소들을 줄일 수 있기 때문이다.

미국 최대의 할인판매 기간인 블랙프라이데이에 낯선 광고 하나가 〈뉴욕타임스〉에 실렸다. "이 재킷을 사지 마세요." 더 이상한 것은 재킷을 만드는 회사도, 광고를 낸 회사도 같은 회사라는 것이다. 광고는 재킷의 생산에 소비되는 물, 운송 과정에서 배출되는 이산화탄소, 창고로 오기까지 버려지는 쓰레기의 양을 언급하면서 "필요한 것이 아니라면 사지 말고, 사기 전에 두 번 생각하라"고 했다. 회사는 캠페인도 벌였다. 망가진 옷을 고쳐 입고, 아버지가 입던 옷을 물려받고, 중고품을 사서 입자는 것이다. 이 이상한 회사는 '파타고니아'다. 블랙프라이데이에 판매한 금액을 전부 환경보호단체에 기부하기도 하고, 해마다 매출의 1%를 환경단체에 기부한다. 그들은 이를 '지구세'라 부른다.

빛을 찾아낸 사람들

일제 강점기 경주. '야마구치 의원' 의사인 다나카 도시노부는 오늘도 문화재를 찾아 경주의 골동품상을 순례하고 있다. '구리하라 골동품상'에 들어섰을 때 그의 눈길을 사로잡은 것은 일부가 깨진 기와 조각이었다. 그는 주저 없이 그 깨진 기와 조각을 사들여 일본으로 가져갔다. 조선총독부 박물관 경주분관장 오사카 긴타로는 '야마구치 의원'에서 특이한 기와를 보았다. 그는 1934년 조선총독부 기관지 〈조선〉에 "신라의 가면화"란 글을 실어 이 특이한 기와를 소개했다. 그리고 한참 동안 그 기와 조각은 사람들의 뇌리에서 사라졌다. 1972년 국립경주

박물관장 박일훈은 일본 방문길에 스승 오사카 긴타로를 만나 이야기를 나누던 중 그가 '신라의 가면화'에 관한 기사를 썼다는 기억이 떠올랐다. 그는 스승에게 기와의 존재를 물으며 '신라의 가면화'가 신라로 돌아갈 수 있도록 도와달라고 간청했다. 소장자 다나카가 가장 아끼고 좋아한다는 조선의 기와, 그것도 당시 기와집 한 채 값이라는 거금을 주고 구입한 유물을 선선히 내줄 리 없다는 생각에 박일훈의 마음은 어두웠다.

그러나 다나카는 그 기와 조각을 국립경주박물관에 기증했다. 다나카는 기증서에 "보는 이의 마음 깊이 감명을 주는 기와를 작업한 와공의 절절한 정성을 생각할 때 느끼는 바가 있어 신라의 국토에 안주(安住)의 땅을 주어야겠다고 생각했다"고 썼다. 이광표 서원대 교수의 표현을 빌리면 "살구씨처럼 생긴 시원한 눈매, 약간 큼지막한 콧대, 수줍은 듯 해맑게 미소 짓는 입… 얼굴을 표현한 전체적인 구도도 빼어난 데다, 틀로 찍어 만든 것이 아니라 직접 손으로 빚은 것이라서 정감이 간다. 더 자연스럽고, 그래서 더 생명력 넘친다… 순수와 소박 사이로 느껴지는 관능미. 얼굴은 전체적으로 쑥스러워하는 듯한 분위기지만 미소를 잘 들여다보면 살짝 관능적이기도 하다. 코와 입 사이의 간격이 좁은데, 보면 볼수록 이 대목 또한 관능미를 자극하는 것 같다. 이렇게 다양한 상상을 가능하게 하니 결과적으로 절묘한 표현이 아닐 수 없다"는 얼굴무늬 수막새는 이렇게 우리 곁으로 왔다. 박일훈이 없었다면 '신라의 미소'는 아직도 일본에 있을 것이다.

2023년 7월 프랑스 파리국립도서관에서 '인쇄하다! 구텐베르크의 유럽'이라는 제목의 특별전이 열렸다. 인쇄문화에 혁명을 일으킨 15세기 활판업자 구텐베르크의 업적을 재조명하는 자리였지만, 전시물 제일 앞자리를 차지한 것은 고려의 책《백운화상초록불조직지심체요절》이었다. '직지' 또는 '직지심체요절'로 불리는 이 책은 고려 공민왕 21년에 백운화상이 선도(禪徒)들을 위해 선 수행과 관련한 역대 조사들의 어록을 모은 책으로, 청주 흥덕사에서 1377년에 금속활자로 인쇄했다. 이 유일한 금속활자본《직지》는 프랑스의 대리공사로 서울에서 근무하던 콜랭 드 플랑시가 본국으로 가지고 간 뒤 파리의 골동품 수집가에게 넘겨졌다가 파리국립도서관에 기증되었다. 독일의 구텐베르크보다 70여 년이나 앞선 금속활자본으로 알려진 《직지》는 1972년 유네스코가 지정한 '세계 도서의 해'에 출품되어 세계에서 가장 오래된 금속활자본으로 공인되었고, 2001년에는 '유네스코 세계기록유산'으로 등재되었다.

이 책의 문화사적 가치를 전 세계에 알린 사람은 재불 서지학자 박병선이다. 그녀는 파리국립도서관 사서로 근무하면서도 병인양요 당시 프랑스군이 강화도의 외규장각에 침입해 약탈해간 왕실 문서 의궤를 찾아내라는 스승 이병도의 당부를 잊지 않았고, 얼굴이 새카매지도록 먼지를 뒤집어쓰며 서고를 샅샅이 뒤지다 1955년 마침내 《직지》를 발견했다. 그녀의 집요한 연구 끝에 《직지》가 현존하는 세계 최고(最古)의 금속활자본임이 입증됐다. 외규장각 의궤를 찾겠다는 집념과 역사학도로서의 안목과 식견을 갖춘 그녀가 없었다면 《직지》는 지금도 파리국립도서관 서고 어딘가에서 먼지를 뒤집어쓰고 있을지도 모른다.

산다는 것은 슬픈 일이다

삼성의 창업주 이병철 회장이 죽음을 앞두고 한국 천주교의 대표적 지성인 정의채 신부에게 물었다. "신이 인간을 사랑했다면 왜 고통과 불행과 죽음을 주었는가?" 이 회장은 답을 듣지 못한 채 세상을 떠났다. 〈월간조선〉 김태완 기자가 정의채 신부를 만나 그 답을 들었다. "신이 준 것이 아닙니다. 관점 자체가 다른 것이죠. 인간이 고통과 불행과 죽음을 불러들인 것입니다. 인간은 하느님에게서 너무 많은 것을 거저 받았어요. 없던 자기 존재가 생겨서 먹고살 수 있게 만들었으니까요. 그러면 인간으로서 신에 대한 의무가 있는 것이에요. 그냥 받기만 할 순 없거든요. 인간이면, 은혜를 받았으면 갚아야지요. 인간으로서의 도리, 인간 상호 간에 지켜야 할 도리, 조물주에게 지켜야 할 도리가 있는 것이거든요. 그런데 그것을 안 지켜서 문제가 생긴 것이에요. 왜? 인간이 스스로 하느님 자리에 올라가려고 한 것이에요. 자신도 모르는 사이에 가장 높은 자리에 올라가고 싶은 욕망에 사로잡힌 것이에요. 신이 의도한 인간과 다른 인간… 스스로 신이 돼버린 것이에요."

인간은 하느님에게서 너무 많은 것을 거저 받았을까? 호스피스 병동에서 일하며 말기 암으로 죽음을 기다리는 사람들과 함께 살던 브로니 웨어가 《내가 원하는 삶을 살았더라면》이라는 책을 냈다. 그는 말기 암 환자들이 죽을 때 가장 후회하는 5가지는 "내가 원하는 삶을 살았더라면, 내가 그렇게 열심히 일하지 않았더라면, 내 감정을 표현할 용기가 있었더라면, 친구들과 계속 연락하고 지냈더라면, 나 자신에게 더 많은 행복을 허락했더라면"이었다고 했다. 그들은 원하는 삶을 살지도 못했고, 살려고 열심히 일만 했으며, 자신의 감정도 표현하지 못한 채 타인의 행복에 더 많은 시간과 노력을 쏟은 것이다.

이런 후회들이 정의채 신부님이 말한 인간이 스스로 하느님 자리에 올라가려고 하는 욕망일까? 신이 의도한 인간이 어떤 인간인지는 모르겠지만, 어쨌든 고통과 불행과 죽음은 피하기 어려우니 그냥 살자. 이화여대 이근후 명예교수. 50년간 15만 명을 돌본 정신과 의사다. 그는 "살아보니 인생은 필연보다 우연에 좌우되었고, 세상은 생각보다 불합리하고 우스꽝스러운 곳이었다"고 했다. 그래서 "산다는 것은 슬픈 일이지만, 사소한 즐거움을 잃지 않는 한 인생은 무너지지 않는다"고 했다.

쇼펜하우어는 세상사와 운명을 대하는 태도에 대해 이렇게 말했다. "크고 작은 재앙은 인간의 삶을 이루는 참된 요소이므로 언제나 염두에 두고 살아야 한다. 그러므로 짜증 나는 사람이 되어 매 순간 인생의 고통을 한탄하고 얼굴을 찌푸리거나 벼룩에 물렸다고 신을 불러서는 안 된다. 조심스러운 사람이 되어 다른 사람이나 사물에서 비롯되는 사고를 예측하고 예방하는 신중함을 가지고, 영리한 여우처럼 크고 작은 불운을 잘 피해야 한다."

2021년 부산국제영화제에서 임권택 감독이 '올해의 아시아영화인상'을 받았다. 1962년 〈두만강아, 잘 있거라〉로 데뷔한 이후 60여 년간 쉬지 않고 102편의 영화를 찍은 임 감독은 한국 영화를 세계에 알린 거장이다. 허문영 영화제 집행위원장은 임 감독을 "설명할 필요도 없이 한국 영화의 살아 있는 전설이고, 진정한 아버지이며 스승, 큰어른, 표상 같은 분"이라고 소개했지만, 임 감독은 "까불고 살았다. 그 인생이 뭣인가, 착각 때문에 헛바퀴 돌면서 많이 살아내지 않았나. 지금 나이 들어서 제대로 코스 잡았나, 그것도 잘 모르겠다"며 빙그레 웃었다고 한다.

시계를 거꾸로 돌려라

영국의 한 연구진이 생명공학 기술로 생체시계를 거꾸로 돌려 53세 여성의 피부를 23세 수준으로 만드는 데 성공했다고 한다. 피부를 30년 더 젊게 회춘시킨 것이다. 이뿐만 아니라 당뇨병이나 심장병, 퇴행성 뇌질환 등 노화 관련 질환도 같은 방법으로 치료할 수 있을 것으로 기대했다. 그들은 "장기적으로 생물학적인 수명을 연장하는 것보다 건강 수명을 연장해 나이가 들어도 건강하게 살 수 있도록 하는 것이 목표"라고 밝혔다. 그들의 기대대로 된다면 우샤인 볼트 버금가게 트랙을 달리는 80대 노인을 볼 날도 멀지 않을 것 같다.

미국의 40대 억만장자가 회춘하기 위해 매년 수십억 원을 들이고 있다고 밝혔다. 현재 이 사람의 심장 나이는 37세, 피부 나이는 28세, 체력은 18세 수준인 것으로 알려졌다. 그의 최종 목표는 뇌, 간, 머리카락, 피부, 치아 등 모든 신체 기관의 나이를 18세 수준으로 되돌리는 것이다. 목표 달성을 위해 그는 의료진 30명이 세운 엄격한 지침에 따라 생활하고 있다. 미국 샌프란시스코에 세포와 장기의 생체시계를 거꾸로 돌려 회춘시키는 바이오 회사도 출범했다고 한다. 세계 최고의 부자라는 제프 베이조스 등 억만장자들이 돈을 대고 노벨상 수상자를 비롯한 석학들이 연구진으로 참여했다니, 그들의 꿈이 실현된다면 이제 늙어서 죽는 일도 어려울 것 같다.

장수비전펀드를 설립한 투자자가 정밀의학, 유전공학, 재생의학의 발전상을 소개하면서 늙지도 않고 젊은 몸으로 지금보다 훨씬 더 오래 사는 미래가 왔다는 책을 냈다. "이 책은 죽음을 물리치고자 하는 야망이 얼마나 현실적이고 얼마나 실현 가능한 것인지를 깨닫게 해줄 것이다"라는 추천사까지 달렸다. 그러나 지금 분명한 사실은 과학자들이 '우리가 왜 늙는지, 그리고 늙지 않기 위해 무엇을 해야 하는지'에 대해서 전부를 알고 있는 것이 아니라 알려고 노력하는 중이라는 것이다.

그동안 노화를 막으려는 연구는 많이 진행되었다. 같은 크기의 다른 쥐보다 10배 이상 오래 살면서도 수명이 다할 때까지 노화가 거의 진행되지 않는 벌거숭이두더지쥐를 연구하기도 했고, 젊은 쥐와 늙은 쥐의 피를 공유시켜 늙은 쥐의 간과 근육이 젊어지는 것을 발견하기도 했다. 또 조로증에 걸린 쥐에게 단백질을 주입해 회춘시키고 수명을 연장하기도 했다. 그러나 사람은 쥐가 아니다. 나이 든 세포를 젊게 만드는 역분화를 인체에 적용했을 때 일어날 결과에 대해서는 아직 아무도 모른다.

영생이 불가능하다면 생체시계를 거꾸로 돌려 오래도록 젊게 사는 것도 나쁠 것 같지는 않다. 그러나 60대 남자가 20대의 피부와 체력을 가진다면 그에 따른 심리적·정신적 문제점도 적지 않을 것이다. 외모나 인지 기능의 변화에 따른 자아상의 변화는 혼란과 불안을 초래하고 심하면 정체성의 위기를 가져올 것이다. 그뿐만 아니라 감정 조절을 방해하여 기분 변화, 과민성, 또는 새로운 경험에 대처하는 데 어려움을 겪게 할 수 있다. 그리고 회춘하지 않은 비슷한 연배의 사람들과 관계를 맺는 데 어려움을 겪어 사회적으로 고립될 수도 있고, 가족이나 친구들도 변화에 적응하는 과정에서 긴장이나 갈등을 겪을 수 있다. 더욱이 회춘은 노화와 인생에 대한 전통적인 개념을 무너뜨리고 삶의 의미나 목적에 대한 기존의 관점들을 크게 흔들어 개인을 혼란에 빠뜨릴 것이다. 어디 그뿐인가. 의도한 대로 노화가 진행되지 않으면 심한 상실감과 좌절감을 느껴 삶의 본질마저 외면하는 극단적인 상황에 이르게 할 수도 있음을 잊지 말아야 한다.

시애틀 추장의 편지

코로나로 세상이 멈추었다는 말은 틀린 말이다. 이 말은 인간 중심의 사고를 극단적으로 드러낸 말이다. 지금도 지구는 돌고 있고, 어디선가 꽃이 피고 새가 운다. 지구의 중심은 인간이 아니다. 생명이다. 자연과 인간 모두 서로 연결되어 있다는 인식의 전환이 필요하다. 인류를 결국 멸망시킬지도 모르는 자연재해를 비롯한 모든 재앙은 인간 중심의 사고에서 비롯된 것이다.

감염병 연구의 권위자인 조나 마제트 교수는 코로나19 상황을

"바이러스는 수천~수만 년간 야생에 나름의 필요로 존재했고, 인류와는 영역이 달라 인간에게 큰 영향을 끼치지 않았다. 그러나 인간이 야생 생태계를 침범하고 생물 종의 다양성을 파괴하면서, 야생에 갇혀 있던 바이러스들이 환경 변화에 적응하기 위해 새로운 숙주인 인간으로 갈아타고 있다"라고 했다. 따라서 백신과 치료제 개발이 의미 있는 성과이기는 하지만, 바이러스 연구의 최종 목표는 인간과 바이러스가 각자 공존할 수 있도록 인간 행동의 교정을 촉구하는 데 있다고 했다.

코로나로 인적이 끊긴 도시에 야생동물들이 출몰하고 있다. 산티아고에서는 퓨마가 거리를 어슬렁거리고, 보고타에서는 집 마당에 여우가 나타났다. 일본 나라현에서는 사슴이 거리를 배회하고, 파나마 산펠리페의 텅 빈 해변에서는 너구리가 포착됐다. 이들은 코로나가 끝나면 원래의 위치로 돌아갈까? 모를 일이다.

과학자들이 도시에 사는 여우와 야생 여우를 비교 연구한 결과, 도시에 사는 여우는 야생 여우에 비해 주둥이가 짧고 넓적하며 두개골 형태도 작았다. 그들은 도시 여우의 생김새가 이렇게 변한 이유에 대해 먹이를 찾기 위해 쓰레기통에 머리를 박고 냄새를 맡기 위해서는 주둥이가 짧고 머리가 작은 것이 유리했기 때문이라고 설명했다. 그들은 도시 생활에 맞게 길든 것이다. 이제 그들은 떠나지 않을지도 모른다. 오래전 회색 늑대는 인간에게 길들면서 개가 되어 인간 곁에 남았다. 당분간은 아니겠지만, 언젠가는 사람과 길들인 야생동물이 함께 거리를 걷게 될지도 모른다.

생태철학자 조애나 메이시는 파괴가 급속도로 진행되고 많은 것이 혼란스러운 상황이라 하더라도 다시 생명의 원천으로 돌아가기 위해서는 생명이 파괴되거나 죽지 않도록 착취와 불평등, 전쟁을 막아야 한다고 했다. 또한 왜곡되거나 잘못된 것을 바로잡고, 평등과 호혜의 원칙과 정의를 바로 세워 생명 중심의 사회문화를 만들어야 한다고 했다. 여기에 더해 자연과 인간 모두 서로 연결되어 있다는 인식의 전환이 필요하다고 했다. "먼저 내 안에서 평화를 찾은 뒤에 내가 할 수 있는 일을 찾겠다"는 말은 세상과 자신을 분리시키는 관념이라고 지적하고

"개인만의 구원이란 없다는 사실을 깨닫고, 세상이 스스로 치유하는 방법을 찾기 위해 손을 잡아야 한다"고 했다.

"우리는 안다. 땅은 사람의 것이 아니라는 것을. 사람이 땅에 속한다는 것을. 모든 사물은 우리 몸을 연결하는 피처럼 서로 연결되어 있다. 생명의 직물은 사람이 짜는 것이 아니다. 사람은 단지 한 가닥의 실일 뿐이다. 사람이 이 직물에 무슨 짓을 하든, 그것은 자기 자신에게 하는 것과 같다." '시애틀 추장의 편지'라고 알려진 글의 일부다.

완벽한 잎사귀는 하나도 없다

신비의 거석상 모아이로 유명한 남태평양의 이스터섬. 18세기 독일 탐험가들이 이 섬에 도착했을 때 원주민들은 절멸한 상태였다. 그들은 왜 사라졌을까? 원주민들은 돌고래 사냥에 쓰이는 배를 만들거나 거대한 석상을 해변으로 옮기기 위해 큰키나무를 계속 베어냈다. 결국 큰키나무들은 사라졌고, 배를 만들지 못해 돌고래 사냥이 불가능해진 원주민들은 숲속의 조류를 잡아먹었다. 조류도 점차 줄어들자 단백질을 제대로 섭취하지 못하게 된 원주민들은 건강이 악화되어 절멸한 것이다. 큰키나무 군락을 보존해 생물다양성을 유지했다면 이스터

섬의 원주민은 사라지지 않았을 것이다. 이렇듯 생물다양성은 삶의 질 차원을 넘어서 생존과 직결된다. 다양한 자연환경과 식생은 인간의 생존을 위한 필수 요소이자 사회·문화적 발전을 위한 잠재적 원동력이다. 20만 년 전에 아프리카에서 출현한 호모사피엔스가 다른 호모종들에 비해 유능하게 진화한 이유는 생물다양성이 높은 지역을 거주지로 선택하고, 환경에 따라 생존을 위한 자원을 얻을 수 있는 능력을 확보했기 때문이다.

땅속에서 자라 거무튀튀한 색과 울퉁불퉁한 모양 때문에 가축의 사료로만 쓰였던 감자는 18세기 이후 인기 좋은 식자재가 되었고, 그 종류도 5,000종이 넘는다. 안데스산맥에 터전을 일구었던 잉카인들이 변화무쌍한 환경에 맞춰 여러 종류의 감자를 키웠기 때문이다. 안데스산맥의 감자 재배 지역은 고산 지대라 급격한 날씨 변화뿐 아니라 일교차가 커서 여러 가지 병충해가 많았다. 그들은 특정한 경작 방법이나 특정한 종류의 감자에만 매달리지 않았다. 새로운 재앙이 닥칠 때마다 농부들은 들판으로 나가 살아남은 감자 종자들을 찾았고, 그것을 다음 해 씨감자로 삼았다. 이렇게 해서 감자의 종류가 수천 종에 이른 것이다. 안데스산맥의 농부들은 다양성이 변화무쌍한 환경에 대처하는 방법이라는 것을 알고 있었다.

"단풍이 곱게 물든 아름다운 가을날이었다. 나는 단풍나무에 다가가 잎사귀를 자세히 바라보았다. 그러자 완벽한 잎사귀는 하나도 없다는 것을 깨달았다. 어떤 잎사귀에는 작은 구멍들이 수없이 나 있고, 구멍이 한두 개씩 뚫린 잎사귀들도 있었다. 하지만 나무를 바라볼 때 모든 잎사귀가 조화를 이루고 있었기 때문에 단풍나무는 아름답게 보였다." 틱낫한 스님의 글이다.

명장 스트라디바리가 남긴 전설적인 바이올린 '메시아'. 악기 제작자이자 수집가인 힐 가문이 헨리 포드가 제시한 백지수표를 거절하고 옥스퍼드대학교에 기증했다는 바이올린이다. 이 전설적인 바이올린이 위작일 수 있다는 파문에 휩싸였다. 감정 결과 메시아는 진짜였다. 위작 여부를 가려준 것은 악기 전문가도, 문화재 수집가도 아닌 '나이테 연구가'였다. 힐 가문은 나이테의 너비나 밀도를 측정해 절대 연도를 추정하는 연륜연

대학자에게 감정을 의뢰했고, 메시아에서 1680년대에 만들어진 것으로 추정되는 나이테가 발견됐다. 메시아의 제작 연도보다 빠른 시기에 자란 나무로 만들었다는 것이 밝혀진 것이다.

다양한 인간들이 모여 사는 세상. 어떻게 하면 다른 사람과 조화를 이루며 살아갈 수 있을까. 스티븐 코비는 "정말로 효과적인 사람은 자신의 지각적 한계를 인식하는 겸손과 타인을 공경하고 어려워하는 마음을 가지고 있다. 그리하여 다른 사람들의 마음과 접촉하고 나눔으로써 얻은 지식과 감정이 소중하다는 사실을 인정한다. 이러한 사람은 차이를 소중히 여긴다. 왜냐하면 차이가 현실에 대한 지식과 이해를 더해주기 때문이다"라고 했다. 그렇다면 타인을 공경하고 차이점을 소중히 여기려면 어떻게 해야 할까? 공감적으로 경청하고 사려 깊게 자신을 표현해야 한다. 공감적 경청이란 상대방의 말을 들을 때 자신의 관점이나 기준으로 청취하는 것이 아니라, 상대방의 입장이 되어 상대의 감정을 느끼면서 청취하는 것을 말하고, 사려 깊은 표현이란 상대방의 개인적 특성이나 심리 상태를 세심하게 고려하면서 말하는 것을 뜻한다.

엔딩 서포트

나이가 들면 신체적 기능이 쇠락하면서 고혈압, 당뇨, 심장병 같은 성인병으로 병원 신세를 지기 시작한다. 그러다 보행조차 어려워지면 "모시고 싶어도 육아나 생계 때문에 어렵다"는 자식들의 말을 뒤로하고 요양원이나 요양병원으로 간다. 조만간 집으로 돌아갈 수 있겠지. 처음에는 간간이 찾아오는 가족들의 위로가 힘이 되지만, 가족들의 방문 횟수도 점차 줄어들고, 장기 입원으로 폐렴, 요로감염 등이 발생하면 급기야 코에는 인공급식관이 끼워진다. 결국 응급 상황이 반복되고, 주렁주렁 기계장치를 단 채 콧줄로 산소 공급을 받으며 요양병원

처치실이나 종합병원 중환자실에서 외롭게 죽는다. 이것이 우리가 맞이할 가능성이 가장 큰 '최빈도 죽음'이다.

자기 의지와 상관없이 서서히 죽어가는 것이 싫은 사람들을 위해 나온 것이 연명의료결정법이다. 현대의학으로 더는 치료할 수 없는 임종 과정에 있는 환자에게 의학적 시술을 중단할 수 있는 법이다. 정식 명칭은 '호스피스·완화의료 및 임종 과정에 있는 환자의 연명의료 결정에 관한 법'이다. 이 법으로 회생 가능성이 없고, 치료해도 회복되지 않으며, 급속도로 증상이 악화되어 사망에 임박한 환자에게는 심폐소생술, 혈액 투석, 항암제 투여, 인공호흡기 착용 등의 연명의료를 중단할 수 있게 됐다.

연명의료결정법보다 더 진보적인 것이 '조력사망'이다. 의사결정 능력이 있는 환자가 치료가 불가능한 질병으로 고통받고 있을 때 환자가 사망을 앞당길 수 있는 약물을 의사로부터 처방받아 이를 이용해 사망에 이르는 것이다. 조력사망이 가능하면 환자는 자신의 기대여명을 알 수 있어 의식이 있는 상태로 죽음을 맞이할 수 있을 것이다.

서울대 암병원 김범석 교수는 기대여명을 안다는 것은 특별한 보너스라고 했다. 김 교수는 저서 《어떤 죽음이 삶에게 말했다》에서 이렇게 말했다. "사람은 누구나 '주어진 삶을 얼마나 의미 있게 살아낼 것인가'라는 질문을 안고 태어난다. 일종의 숙제라면 숙제이고, 우리는 모두 각자 나름의 숙제를 풀고 있는 셈이다… 기대여명을 알게 된다는 것은 마음 아픈 일이지만, 조금 다르게 생각해보면 특별한 보너스일지도 모른다. 보통은 자기가 얼마나 더 살지 모르는 채로 살다가 죽기 때문이다." 기대여명이 얼마 남지 않았다는 사실을 듣고서도 속된 욕망을 버리지 못하고 주어진 삶의 의미도 깨닫지 못한 채 종착역을 향해 가는 환자들을 향한 주치의의 안타까운 마음이 그대로 드러나는 글이다.

재택사. 일본의 한 사회학자가 만든 말이다. 혼자 살다 혼자 죽는 노인의 죽음을 고독사라고 부르는 게 싫어 만들었다고 한다. 그는 혼자 집에서 살다가 혼자 조용히 죽는 게 좋다고 했다. 그래서 일본 지자체들은 '엔딩 서포트' 제도를 시행하고 있다. 계약자가 살아 있을 때는 한 달에 한 번씩 안부 전화를 하고, 6개월에 한 번씩 가정 방문을 해서 고충을 해결하고, 계약자가 사망하면 전화나 전기를 해지하는 일부터 가재도구 처분, 각종 공과금 납부, 행정관청 신고까지 계약자의 예탁금으로 해결해준다. '엔딩 서포트'는 가진 돈이 많지 않고 찾아오는 가족도 없는 쓸쓸한 독거노인의 불안감을 달래주기 위해 등장한 복지 혜택이지만, 가진 돈이 많거나 가족이 있다고 해서 고독사를 피할 수 있는 것은 아니니 어떤 경우에도 유용한 제도라 생각된다. 언젠가는 몸도 정신도 그만 쉬고 싶을 때가 온다. 그때라고 생각되면 소중한 사람들에게 미리 감사와 사랑을 전하고 집에서 '조력사망'하는 것도 괜찮지 않을까.

존재를 넘어서는 스토리의 힘

생방송으로 진행된 YTN 〈뉴스라이더〉에 걸그룹 이터니티의 멤버인 제인이 출연했다. 제인은 TV 생방송은 처음이라며, 너무 신기하고 떨리는데 재미있다고 했다. 그녀는 아나운서의 질문에 막힘 없이 대답했고, '파라다이스'의 포인트 안무까지 선보이며 도도하고 매력적인 모습을 발산했다. 제인, 그녀는 가상인간이다. 가상인간의 생방송 출연이 가능한 것은 가상인간의 얼굴을 실시간으로 합성하는 기술 덕분이다.

제인도 영원한 디바가 될 수 있을까? 지금까지 국내에 소개된 가상인간은 150명이 넘는 것으로 추정되지만, 현재 활발하게 활동하는 숫자는 한 손에 꼽힐 정도다. 가상인간의 수명이 짧은 이유는 대부분의 가상인간이 다른 가상인간과 차별화되는 고유한 삶의 스토리가 없기 때문이다. 제인도 인터뷰에서 말했듯이 기술을 넘어선 삶의 고유한 스토리텔링을 만들어야 한다. 사람들이 디바에 열광하는 것은 그의 존재가 아니라 그가 살아온 삶의 여정 때문이다.

제인이 속한 걸그룹 이터니티의 데뷔곡은 '아임리얼'이다. 피노키오가 아버지의 사랑으로 진짜 사람이 되면서 "아임 리얼 보이"라고 말한 데서 착안했다고 한다. 피노키오가 지금까지 240여 개의 언어로 번역돼 사랑받는 이유는 이 책이 단순히 말 안 듣는 아이의 이야기가 아니라, 정신적·신체적으로 완전하지 못한 피노키오가 집을 떠나 만나게 되는 부조리한 사회를 시대를 초월한 상상력으로 그려내고 있기 때문이다. 이것이 스토리다. 소셜미디어 팔로워가 800만 명이 넘고 광고와 협찬, 콘텐츠 수입으로 연 160억 이상을 벌어들인다는 브라질계 미국인 릴 미켈라가 롱런하는 이유는 짝사랑하는 실제 인간 닉을 만나고, 사랑하고, 이별하는 과정을 스토리로 만들어 인스타그램에 올리는 등, 가상과 현실의 경계를 무너뜨리는 콘텐츠를 끊임없이 만들어내기 때문이다.

〈한겨레〉 구본권 기자는 "가상인간이 늙지 않는 완벽한 외모를 지니고 스캔들 리스크가 없다고 해서 성공할 수 있을지는 미지수다. 비너스나 줄리엣, 심청 등 문학과 신화를 통해 불멸하게 된 '가상모델'들의 비결은 완벽한 외모나 재능 때문이 아니었다. 약점을 지니고 실수하는 캐릭터지만 공감을 형성한 이야기가 비결이다. 성공한 가상인간으로 여겨지는 미켈라도 고유한 정체성을 만들어내기 위해 오랜 기간 치밀하게 스토리를 쌓아왔고, 사회적 이슈에 대해서도 사람처럼 적극적 발언을 내놓고 있다. 개발과 운영집단이 가상인간에게 어떠한 정체성을 부여하느냐의 문제다"라고 했다.

대중은 스타가 아니라 스타가 만드는 스토리에 열광한다. 한국의 영원한 디바 인순이. 주한미군 아버지와 한국인 어머니 사이에서 태어나 어디에도 속하지 못하고 부초처럼 흔들리며 시리디시린 상처를 안고 어린 시절을 보냈던 그녀가 강원도 홍천에 '해밀학교'를 세웠다. 그녀는 자신처럼 떠돌지도 모르는 다문화가정 어린이들에게 꿈과 용기를 심어주기 위해 노래한다. "난 꿈이 있었죠 / 버려지고 찢겨 남루하여도 / 내 가슴 깊숙이 보물과 같이 간직했던 꿈 / (…) / 언젠가 나 그 벽을 넘고서 / 저 하늘을 높이 날 수 있어요 / 이 무거운 세상도 나를 묶을 순 없죠 / 내 삶의 끝에서 나 웃을 그날을 함께해요" 인순이는 해밀학교를 "내 삶의 기적"이라 부르면서 "내가 이룬 것은 하나도 없다. 모두 다른 사람들이 이끌어줬다"라고 했다. 이것이 그녀가 만드는 자신만의 스토리이고, 우리가 인순이를 기억하는 이유다.

은여우 길들이기

1971년 미국 스탠퍼드대학교에 심리 실험을 위한 모의 교도소가 만들어졌다. 실험을 위해 중산층 가정에서 자란 평범한 대학생 24명을 선발하고, 이들을 반으로 나누어 각각 재소자 역할과 교도관 역할을 수행하게 했다. 낯선 환경과 새로운 역할에 적응하면서 어떤 심리적 변화를 겪는가 알아보는 것이 실험의 원래 취지였지만 시간이 지날수록 놀라운 일이 벌어졌다. 서로가 역할이 다를 뿐 모두가 평범한 대학생이라는 사실을 알고 있음에도 불구하고 학생들은 진짜 수감자와 교도관처럼 행동했다. 교도관 역할의 학생들은 누가 시키지 않았는데도 수감자들을 가학적으로 대했고, 그 방법도 갈수록 악랄해졌다. 수감자 역할의 학생들 역시 신경쇠약 증세를 보이고 탈주 계획을 모의하는 등 진짜 수감자와 다름없는 모습을 보였다. 훗날 이 실험을 주도한 심리학자 필립 짐바르도는 이러한 현상을 '루시퍼 효과'라고 명명했다. 사람의 선과 악은 그 사람이 속해 있는 시스템과 환경에 크게 영향을 받으며, 선한 사람도 비윤리적인 환경에 노출되면 도덕성을 잃고 악으로 변할 수 있음을 보여주는 심리 현상을 말한다. 스탠퍼드 교도소 실험은 당시 그 충격적 결과와 윤리적 문제로 인해 많은 논란을 불러일으켰지만, 결과적으로 사회심리학 역사상 가장 영향력 있는 연구 중 하나가 됐다.

선한 사람도 비윤리적인 환경에 노출된다면 도덕성을 잃고 악마로 변할 수 있을까? 네덜란드의 저널리스트이자 사상가 뤼트허르 브레흐만의 생각은 다르다. 그는 인간의 본성에 관한 방대한 사료와 문헌, 증거들을 바탕으로 "전쟁과 재난 등 절체절명의 위기 속에서도 인간은 어김없이 '선한 본성'에 압도되었다"는 결론을 내렸다. 호모사피엔스가 자신보다 15%나 더 큰 두뇌와 뛰어난 신체 능력을 지닌 네안데르탈인을 제치고 지구를 지배한 이유에 대해 그는 현 인류가 타인과 협력하고 공감하도록 진화해온 유일한 종으로서, 모방을 통해 사회적 학습을 하는 '호모 퍼피'였기 때문이라고 했다.

1959년 옛 소련에서 유전학자 드미트리 벨랴예프와 류드밀라 트루트가 '은여우 가축화 실험'이라는 비밀 프로젝트에 착수했다. 실험 방식은 간단했다. 농장의 여우들이 보이는 행동을 관찰한 뒤 가장 온순한 여우들만을 골라 교배하는 방식이었다. 실험에 착수하고 6세대 만에 여우들에게서 눈에 띄는 변화가 나타났다. 꼬리가 위로 말리고, 귀가 접히며, 얼룩무늬 털을 가진 새끼가 태어나는 등, 가축화된 동물의 외형적 특징이 나타났다. 성격면에서도 꼬리를 흔들고 애교를 부리는 등 점점 개의 특징을 드러내기 시작했다. '여우도 개처럼 길들일 수 있을 것'이라는 가설이 비로소 증명되는 역사적인 순간이었다. '은여우 가축화 실험'은 이미 있던 불활성 유전자가 활성화되면서 진화가 촉진된다는 사실을 밝혀낸 중요한 실험이었다.

우리도 은여우 길들이기처럼 우리의 마음을 선하게 길들이자. 그래서 누군가가 그 선함을 모방하고, 그것을 또 다른 누군가가 학습한다면 우리 사회는 악함보다 선함으로 가득 찰 것이다. 아프리카의 한 구석에서 자기 앞가림에만 급급했던, 별 중요치 않은 동물이었던 인류가 몇만 년 후에 지구 전체의 주인이 된 것은 모방을 통해 사회적 학습을 하는 '호모 퍼피'였기 때문이라지 않은가. 브레흐만의 말처럼 우리가 인간의 본성이 선하다는 인식을 되찾을 때 우정과 친절, 협력과 연민은 얼마든지 전염될 수 있으며, 이것이 살고 싶은 사회로 재조직화하는 근본 원리가 될 것이다.

오직 모를 뿐

역사상 가장 강력하고, 가장 창조적이며, 가장 효과적인 컴퓨터. 이것이 인간의 브레인넷(Brainet)이다. "브레인넷을 통해 인간의 뇌는 지구상에 등장한 것 중 가장 창조적이고, 회복력 있고, 번창하고, 위험한 사회집단을 탄생시켰다. 그 시작 이후로 인간의 브레인넷은 자기 주변의 광대한 우주에 존재하는 모든 것을 설명하는 일에 강박적으로 매달리기 시작했다. 그 일을 위해 브레인넷은 미술, 신화, 종교, 시간과 공간, 수학, 기술, 과학을 비롯해 독특한 우주 만들기용 정신 도구에 의존했다. 인간의 뇌는 이런 정신적 도구의 부산물들과 1,000억 명이 넘는 인류의 개별 경험을 모두 이어붙여 최종 걸작을 탄생시켰다. 인간 우주를 창조한 것이다. 이 인간 우주는 물질적 실재에 대해 우리가 얻을 수 있는 유일한 설명이다." 신경과학의 세계적 석학 미겔 니코렐리스의 말이다.

과학과 기술이 인간의 브레인넷을 넘어설 수 있을까? 노벨 생리의학상을 수상한 시드니 브레너 박사가 300여 개의 신경세포를 가진 선충의 신경망을 전자현미경으로 지도화하는 데 20년이 걸렸다고 한다. 그런데 사람의 뇌에는 약 1,000억 개의 신경세포가 있다. 그뿐 아니라 게놈보다 커넥톰이 문제다. 유전자 지도가 부모로부터 물려받은 형질의 배열 순서를 뜻한다면, 커넥톰은 후천적인 뇌신경계 연결 지도다. 커넥톰은 특정 자극을 받은 신경세포가 어느 신경세포와 연결되는지, 그 모양과 패턴은 어떠한지를 파악해 전체 신경세포들의 연결망을 그린 것이다. 인간의 뇌 속에 1,000억 개의 신경세포가 있으니, 이를 모두 연결하면 150조를 넘는 연결망을 가진 커넥톰이 만들어진다. 더욱이나 커넥톰은 일평생 고정적이지 않고 뇌의 활동 여부에 따라 바뀐다. 특정 지극에 대해서 신경세포들은 연결의 세기를 강화 또는 약화시키기도 하고 연결을 끊기도 한다. 또한 신경세포가 자라거나 줄어들고 죽기도 한다. 이렇게 커넥톰은 일생을 통해 지도를 바꾼다. 수십 년이 흘러 설령 인간의 커넥톰이 완성된다 하더라도 그것은 단지 그 순간 정지된 과거의 모습일 뿐이다.

과학과 기술은 인간의 브레인넷을 넘어설 수 없다. 1998년 신경과학자와 철학자가 독일 북부 브레멘의 한 술집에서 내기를 했다. 신경과학자는 크리스토프 코흐였고, 철학자는 데이비드 차머스였다. 신경과학자는 향후 25년 안에 뇌의 신경세포가 의식을 만들어내는 구조가 밝혀질 것이라고 주장하며 포도주한 병을 걸었고, 철학자는 그런 일은 일어나지 않는다는 쪽에 걸었다. 그로부터 25년이 지난 2023년, 두 사람은 '의식과학연구협회 연례회의'에서 다시 만났다. 누가 이겼을까? 신경과학자는 철학자에게 포도주 한 병을 건넸다. 그러면서 "지금부터 25년 뒤에는 명확하게 알 수 있을 것"이라며 다시 내기를 제안했다. 철학자는 "내가 졌으면 좋겠지만, 이번에도 내가 이길 것같은 생각이 든다"고 대꾸했다. 국제 공동연구진마저도 "그 탐구가 여전히 진행 중"이라고 발표했다. 인간의 뇌에서 어떻게 의식이 만들어지는지는 아직도 모른다는 것이다.

우주에 존재하는 모든 것을 설명하는 일에 강박적으로 매달리면서 쌓아온 지식과 인류의 개별 경험을 모두 이어붙여 만들어진 인간의 브레인넷. 우리의 뇌는 새로운 상황에 적응하고 학습하는 능력을 갖추고 있다. 이 능력을 통해 계속 변화하고 발전하기 때문에 주도적으로 새로운 정보를 학습하고 기존의 정보를 업데이트하며 새로운 환경에 적응할 수 있는 것이다. 이러한 가변성과 유연성 때문에 인간의 브레인넷은 쉽게 이해할 수 없으며 정복하기도 어렵다. 숭산 큰스님의 가르침처럼 '인간의 뇌'를 마음의 중심에 들어올리고 '모른다'는 마음을 상시 유지하면서 생각을 초월하여 생각 이전의 생각 단계로 진입하면 알 수 있을까? 그마저 "오직 모를 뿐(Only Don't Know)"이다.

죽음을 준비할 필요는 없다

임종 체험. 언제부턴가 이 기묘한 예식이 사회적인 관심을 끌고 있다. 자신의 영정사진을 찍고, 죽음에 대한 강의를 듣고, 유언장을 작성하고, 수의를 입은 채 관 속에 누워서 죽음을 체험한다는 임종 체험. 과거를 되새김하고 새롭게 태어난다는 이 기묘한 예식이 젊은이들의 버킷리스트에 오르기도 했다니 어리둥절할 뿐이다. 《표준국어대사전》에 따르면, 임종이란 죽음을 맞이하는 것이고, 체험이란 자기가 몸소 겪음 또는 그런 경험을 뜻한다. 그렇다면 죽지도 않은 사람이 죽음을 체험한다는 것이 가능한 일인가.

〈오싱〉. 1983년에 방영되어 역대 최고 시청률을 기록한 일본 NHK 드라마로, 한국의 KBS도 드라마로 만들어 방영한 바 있다. 메이지 시대에 소작농의 딸로 태어난 한 여성이 다이쇼 시대와 쇼와 시대를 거치면서 성장하는 과정을 묘사한 이 드라마의 작가는 하시다 스가코다. 그녀는 생전 안락사에 관심이 많았다. 죽음은 자신이 선택할 수 있는 권리라며 〈문예춘추〉에 '안락사로 죽고 싶다'는 글을 기고했고, 이 글이 계기가 되어 일본에서 안락사 논쟁이 벌어졌다. 그녀는 《나답게 살다 나답게 죽고 싶다》라는 책에서 이렇게 말했다. "어느 정도 나이를 먹으면 죽음을 생각하는 습관을 들이는 편이 좋다. 젊을 때부터 생각할 수 있어도 좋고, '아, 이제 슬슬 때가 된 것 같아'라는 느낌이 들었을 때부터 생각해도 좋다. 매년 생일에 케이크를 사듯이, 생일이 찾아올 때마다 죽음에 관해 두세 줄 적어놓는 것이다."

스가코가 말하는 '죽음을 생각하는 습관'은 무엇일까? 누구나 언젠가는 죽는다는 사실은 알지만, 진정으로 죽음에 대해 아는 사람은 없다. 죽음이란 무엇인가? 《한국문화대백과사전》의 개설을 보니 "대개의 학자는 죽음이란 한 생명체의 모든 기능이 완전히 정지되어 원형대로 회복될 수 없는 상태라는 데에 동의하지만… 삶이란 무엇인가를 규명하지 않고는 죽음에 대한 완전한 해답은 있을 수 없다고도 하고, 죽음의 세계란 인간의 경험 영역, 지각 영역을 넘어서는 차원의 문제에 속하기 때문에 그 본체를 파악하기란 불가능하다고도 한다"라고 서술되어 있다. 정지되어 원형대로 회복될 수 없는, 인간의 영역을 넘어서는 차원의 문제. 죽음에 대한 이런 서술이 맞다면, 살아 있는 사람은 죽음을 모른다. 죽음에 대해서 어느 무엇 하나 아는 것이 없는데 대체 무엇을 생각하라는 것인가. 죽음 자체는 본질적인 문제가 아니다. 죽음이 무엇이든 인간의 인식 영역을 넘어서는 것이기 때문에 인간은 죽음 자체를 알 수도, 느낄 수도 없다. 따라서 우리에게 중요한 것은 죽음에 대한 태도다.

50년간 정신과 의사로 살아온 이근후 교수는 "죽음은 두렵지요. 그게 정상이에요. 정신분석에서 보면 죽음을 대면하기 무서워 자살하기도 합니다. 죽을 때까지 기다리지 못해서요. 최근엔 관에 들어가는 체험도 하더군요. 눈 뜨고 관에 들었다가 나오는… 하지만 그조차 오만입니다. 헛소리죠. 아무런 준비 없이 오는 게 죽음이에요. 죽음은 올 때 경건하게 받아들이면 돼요. 연습으로는 알 수 없는 게 죽음입니다"라고 했다.

"인생은 그리 길지 않다. 어스름해질 무렵 죽음이 찾아와도 전혀 이상하지 않다. 때문에 우리가 무엇인가를 시작할 기회는 늘 지금 이 순간밖에 없다. 죽는 것은 이미 정해진 일이기에 명랑하게 살아라. 언젠가는 끝날 것이기에 온 힘을 다해 맞서라. 시간은 한정되어 있기에 기회는 늘 '지금'이다. 울부짖는 일 따윈 오페라 가수에게나 맡겨라." 니체의 말이다.

다시 태어난다면, 한국에서 살겠습니까

1960년대 미국의 몇몇 지역에서 백인들이 갑자기 도심을 떠나는 현상이 발생했다. 사회학자들은 지역 내 흑인의 비율이 20%를 초과할 때 이러한 현상이 일어나는 것을 발견했다. 시카고대학 그로진스 교수는 '화이트 플라이트'(백인 중산층이 유색인종 비율 증가로 인한 범죄 발생을 우려하여 자신이 거주하고 있던 도심에서 교외로 이주하는 현상) 연구에서 백인들이 갑자기 도심을 떠나는 지점, 곧 흑인의 비율이 일정 수준을 초과하는 지점을 '티핑 포인트(tipping point)'라고 했다. 티핑 포인트란 어떠한 현상이 서서히 진행되다가 작은 요인으로 한순간에 폭발

하는 것을 말하지만, 근래 들어서는 '전환점'이라는 의미로도 널리 쓰이고 있다. 안 팔리던 신발이 어떤 사건이 계기가 되어 미친 듯이 팔릴 때 그 사건이 일어난 지점도 티핑 포인트이고, 눈길을 끌지 않았던 사회적 이슈가 특정 사건이 계기가 되어 파도처럼 사회를 관통할 때 그 지점도 티핑 포인트다.

넷플릭스 오리지널 시리즈 〈오징어 게임〉이 한때 세계적으로 돌풍을 일으킨 적이 있었다. 이를 두고 〈뉴욕타임스〉는 "〈오징어 게임〉은 불평등과 기회 상실이라는 한국의 뿌리 깊은 감정을 활용해 세계의 관객을 끌어모은 최신 한국문화 수출품일 뿐"이라고 보도하면서, 불평등이 격화하는 한국 서민들의 삶을 담은 것이 〈오징어 게임〉의 성공 요인이라고 분석했다. 〈뉴욕타임스〉의 시각이 모두 옳다고는 생각하지 않는다. 그리고 비하적 시각이 불쾌하기까지 하다. 그러나 우리 사회의 불평등과 기회 상실이 격화된 것만은 부인할 수 없다.

서가명강—서울대를 가지 않아도 들을 수 있는 명강의. 서가명강 제1강은 서울대 사회학과 이재열 교수의 강의다. 이 강의를 엮은 책 《다시 태어난다면, 한국에서 살겠습니까》에서 이재열 교수는 이렇게 말한다. "현재 우리나라에는 미래에 대한 불안이 팽배해 있고, 제도와 정부를 불신하며 현실에 불만을 갖는 사람들이 많다. 청년층은 위험은 기피하려 하고, 사회적 의제에 대한 참여가 소극적이며, 변화 의지가 부족하다. 모래알처럼 흩어져 각자도생하되, 경쟁이 심하고 공동체 의식은 낮다 보니 이 모두가 행복감이 떨어지는 사회적 원인이 된다. 이는 사회의 품격이 떨어지기 때문에 겪는 증상이다. 그렇다면 '좋은 사회'는 어떤 모습일까. 미래에 대한 희망이 넘치고, 제도에 대한 신뢰가 높고, 현실에 만족하며, 적극적으로 위험을 감수해 창업과 혁신 노력을 기울이고, 참여를 통해 능동적 변화를 끌어내려는 공동체 의식이 높은 사회, 이런 사회라면 국민들의 행복감은 높아질 것이다."

1인당 국민소득이 3만 달러가 넘으면서도 삶의 만족도는 나아지지 않는 나라. 일과 삶의 균형은 무너지고, 공동체 의식은 희박하며, 정부·공공기관·정치인·전문가를 신뢰하지 못하는 나라. 정치·정당의 부도덕과 부패, 정부의 비리나 잘못의 은폐,

언론의 침묵·왜곡·편파보도, 개인과 기업의 지배적 지위를 이용한 갑질 때문에 국민의 절반이 만성적인 울분 상태로 사는 나라. 고령화 속도는 OECD 최고 수준인데 노인빈곤율은 가장 높은 나라. 어린이 웰빙지수에서 학업 및 사회 능력은 상위권인데 정신적 웰빙은 최하위권인 나라. 진실을 말하지 않아도 문제가 되지 않는 탈진실 시대에 빠진 나라.

지금 한국은 티핑 포인트에 와 있다. 이제 우리는 '지금 어디에 있고, 어디로 갈 것인가에 대한 진지한 물음'을 해야 할 때다.

폐경을 하는 이유

사람은 평균적으로 50세 전후에 폐경을 한다. 초경 시기는 영양 상태가 좋아져 빨라졌는데, 폐경 시기는 예전이나 지금이나 변함이 없고, 노력을 해도 늦출 수가 없다. 왜 그럴까? 그 이유에 대해서 여러 설이 있지만 "자신의 번식 능력을 포기하고 자식이나 손주를 보살피는 것이 결과적으로 유전자를 퍼뜨리는 데 유리하기 때문"이라는 설이 대표적이다.

범고래도 마찬가지다. 바다를 지배하는 최고의 포식자 범고래의 수명은 90살이 넘지만 40살 정도에 번식을 멈춘다. 어미와 새끼의 유대감이 강한 범고래 무리는 주로 어미나 할머니가 이끌며 다음 세대에게 지식을 전수한다. 몸길이가 2~4mm에 불과한 진딧물도 폐경을 한다. 진딧물은 번식기를 마치면 생식기관이 점액 분비기관으로 바뀌고, 새끼를 지키다가 포식자가 나타나면 분비물로 자신과 포식자를 함께 굳혀 죽는다.

까마귀도 다른 새보다 뇌가 크고 인지능력이 뛰어나다. 그 이유는, 까마귀는 다른 새보다 더 오래 부모 곁에 머물며 뇌를 키우고 생존 기술을 배우기 때문이다. 까마귀가 부화해 둥지에 있는 시간은 평균 29일로 다른 새들보다 길다. 그리고 둥지를 떠나서도 무려 300일 동안 부모에 기대 산다. 이는 다른 새의 평균보다 3배 이상 긴 시간이다. 그 결과 까마귀가 다른 새보다 뇌가 크고 인지능력이 발달한 것이다.

부모의 보살핌이 자식의 인지능력을 발전시킨다는 사실이 인류의 진화 과정에서 증명되었다. 부모의 사랑을 받고 자란 아이의 두뇌 발달 속도가 부모로부터 방치된 아이의 두뇌 발달 속도보다 2배나 더 빠르다는 연구 결과도 발표됐다. 부모의 보살핌과 사랑이 자식에게 중요하다는 것을 더 말해서 무엇하겠는가마는, 요즘 부모들을 보면 보살피는 건지 학대하는 건지 분간하기가 어렵다.

강남에 있는 유명 영어유치원에 입학하려면 레벨 테스트를 거쳐야 한다. 엄마들 사이에서 '4세 고시'라 불리는 시험으로, 떨어지면 3~6개월 뒤 재시험을 봐서 합격해야 입학할 수 있다. 입학이 끝이 아니다. 감당하기 어려운 숙제와 빠른 진도 때문에 다른 보습학원에서 따로 보충수업을 받아야 한다. 그러다 방학이 되면 부모와 함께 사이판에 간다. 그곳에 가서도 아이들은 마음껏 놀지 못한다. 휴가와 영어 교육을 함께하는 에듀캉스(Education+Vacance). 부모들이 사이판의 노을 지는 해변을 걷는 동안 아이들은 원어민 교사가 진행하는 영어 수업과 체험학습에 참여한다.

고소득층의 과도한 조기 교육이 사회경제적 불균형을 악화시킬 것이라는 거시적 우려를 차치하고라도, 개인에게 미치는 부정적 영향 또한 적지 않다. 성적 위주의 교육 시스템이 주는 압박감이 어린이의 신체적·정신적 건강에 해로운 영향을 미친다는 사실은 이미 고전이다. 이와 더불어 깊은 관심을 가져야 할 것 중의 하나가 다중지능이다. 미래 사회에서 성공하려면 다중지능이 필요하다. 언어적 지능, 논리·수학적 지능 외에도 공간 지능, 음악적 지능, 인간관계 지능, 개인 이해 지능, 자연주의적 지능, 실존 지능 등이 다중지능이다. 이러한 다중지능은 학업 성적 위주의 조기 교육으로는 습득하기 어려운 지능들이다. 성공하라고 시키는 조기 교육이 반대의 길로 아이를 몰아넣을 수도 있음을 자각해야 한다.

포스트휴먼은 오지 않는다

인간은 어디까지 진화할 수 있을까. 유발 하라리는 "7만 년 전 호모사피엔스는 아프리카의 한 구석에서 자기 앞가림에만 신경 쓰는 별 중요치 않은 동물이었다. 이후 몇 만 년에 걸쳐 이 종은 지구의 주인이면서 생태계의 파괴자가 되었다. 오늘날 이들은 신이 되려는 참이다. 영원한 젊음을 얻고 창조와 파괴라는 신의 권능을 가질 만반의 태세를 갖추고 있다"라고 예견했다. 구글의 레이 커즈와일도 인공지능의 발전이 가속화되어 2045년에 모든 인류의 지성을 합친 것보다 더 뛰어난 초인공지능을 가진 슈퍼인텔리전스가 출현할 것이라고 예상했으며,

유전체학자들도 조만간 "영원한 젊음을 얻고 창조와 파괴라는 신의 권능을 가진 인간"이 출현할 것이라고 장담하고 있다.

그러나 지금까지 수백 종의 인간 형태 로봇이 개발되었지만, 지정해준 조건과 방식을 넘어서 자율적으로 행동하는 로봇은 없었다. UC버클리의 휴버트 드레이퍼스 교수는 "인간의 행위는 인공지능 연구자들이 말하는 것처럼 형식화될 수 없으며, 행위는 그것이 속한 맥락 안에서만 의미를 가진다. 따라서 일상에서의 행위를 맥락으로부터 떼어내어 객관화·형식화시킨다는 것은 불가능하다"고 했다. 또 메타AI연구소 르쿤은 사람에 견줄 만한 AI를 개발하는 것은 멀고도 험난하다고 말하며, "인간의 지식은 생각보다 언어에 크게 의존하지 않으며, 매우 다층적이고 복잡한 인식의 종합물로, 이것이 AI가 대화를 잘한다고 해서 인간의 지능을 갖췄다고 말하지 못하는 이유"라고 했다.

과학자들은 과학과 기술의 발전에 취해 자연선택을 조작할 수 있다고 믿고 있으며, 생명을 유기적 영역에서 비유기적 영역으로 확장할 태세를 취하고 있다. 그들은 과학과 기술의 발전이 인간의 노화와 죽음을 해결할 수 있다고 믿고 진화의 과정마저 통제하려 하고 있다. 물론 맥스 모어의 주장대로 신체적 기능이 현저하게 강화되어 질병, 장애, 노화를 극복하는 트랜스휴먼이 나타날 수는 있을 것이다. 그러나 죽음은 어떻게 될까. 죽음도 극복할 수 있을까? 또 트랜스휴먼이 정신적으로 현재의 인간을 뛰어넘을 수 있다면 그 정신의 정체성은 대체 무엇일까. 이것을 인간이라 할 수 있을까?

인간이 된다는 것은 자아를 갖는다는 것을 의미한다. 자아란 개인의 정체성, 의식, 개성을 포괄하는 복잡한 심리적 구성체이며, 여기에 주관적인 경험, 감정, 자기 인식 등이 포함된다. 인공지능은 주관적 경험과 자기 인식이 어렵거나 불가능하다. 데이터를 처리하고, 작업을 수행하고, 미리 정의된 규칙과 패턴을 기반으로 결정을 내리도록 설계된 알고리즘이기 때문이다. 인공지능은 문제 해결, 패턴 인식 등 인지의 특정 측면을 시뮬레이션할 수는 있지만 경험, 감정, 자아의식은 없다. 예컨대 창의성의 경우 인공지능도 기존 데이터와 알고리즘을 기반으로 새로운 결과를 생성할 수 있지만, 인간과 같은 수준의 창의성과 직관력을 가지기는 어렵다. 인간의 창의성은 의식과 무의식의 과정, 감정, 경험 사이의 복잡한 상호작용을 통해 발현되는데, 인공지능은 불가능한 일이다.

물론 인공지능 기술이 더 진화한다면 인간의 자아와 비슷한 특성을 보일 수도 있을 것이다. 그러나 인공지능은 인간과 유사한 특정 행동을 시뮬레이션할 수는 있지만 인간과 같은 자아를 갖지는 못한다. 인간과 침팬지는 유전자 구조가 98.4% 같지만, 오랜 세월이 지나서도 침팬지는 인간이 되지 못했다. 인간을 넘어선 신인류, 즉 인간과 기계의 경계가 사라지고 반영구적인 불멸을 이룰 것이라 여겨지는 포스트휴먼(post-human)은 오지 않는다.

프레임에 간힌 사회

사회적 영향력이 강한 쟁점을 둘러싸고 논쟁을 벌이는 일은 당연하고 가치 있는 일이다. 그러나 논쟁이 집단과 집단의 세력 다툼 양상을 보인다면 이 논쟁은 객관적으로 바라봐야 한다. 어느 쪽이든 자신들의 프레임 안에 우리를 가두려고 하기 때문이다. 프레임이란 '세상을 바라보는 방식을 형성하는 정신적 구조물'이다. 우리는 어떤 단어를 들으면 우리 뇌 안에서 그와 관련된 프레임이 활성화된다. "코끼리는 생각하지 마!"라고 말하면 사람들은 코끼리를 생각하게 된다. 이렇게 프레임은 우리의 사고를 상자 안에 가두는 것이다.

우리가 프레임에 쉽게 갇히는 것은 선택적 노출과 확증편향 때문이다. 선택적 노출이란 자신의 기존 태도와 일치하는 메시지를 선택해서 보거나 듣는 것을 말한다. 사람들이 선택적 노출을 하는 이유는 제시되는 정보의 양이 많기 때문이기도 하지만, 미국의 심리학자 레온 페스팅거가 말한 인지부조화를 감소시키기 위해서이다. 곧 자신의 신념이나 태도와 부합되지 않은 정보를 접하면 심리적으로 불편함을 느끼기 때문에 이를 제거하기 위해 자신의 태도나 신념에 부합되는 정보만 선택하는 것이다. 선택적 노출이 심해지면 확증편향이 강화된다. 확증편향이란 기존의 신념이나 기대에 편향된 방식으로 정보를 해석하는 것으로, 자신의 믿음과 일치하지 않는 정보는 무시하고 일치하는 정보만을 받아들이는 것이다.

선택적 노출과 확증편향을 더욱 심하게 만드는 것이 '필터 버블'이다. 미국 온라인 정치시민단체 '무브온'의 이사장 엘리 프레이저는 저서 《생각 조종자들》에서 "새로운 세대의 인터넷 필터가 당신이 좋아하는 것을 살펴본다. 당신이 실제로 무슨 일을 했는지, 당신과 같은 사람이 무엇을 좋아하는지 살펴보고 추론한다. 예측 엔진들은 끊임없이 당신이 누구인지, 이제 무엇을 하려고 하고 또 할 것인지에 대한 이론을 만들어내고 다듬는다. 이를 통해 우리 각각에 대한 유일한 정보의 바다를 만든다"고 했다. 필터 버블에 빠지면 진실과 사실이 무엇인가에 관심을 두지 않으며 중요하게 생각하지도 않는다. 진실과 사실이 아니라 오직 자기 편의 주장만을 중요하게 여기는 사람들이 다수로 자리 잡게 될 때, 한 사회는 표면적으로는 민주주의 사회지만 내면적으로는 전체주의의 덫이 곳곳에 드리우게 된다. 따라서 프랑스의 사상가 피에르 베일은 "의식이 방황할 권리"를 주장했다. 어떤 진리, 어떤 신앙을 강요당하기보다는 스스로 실수도 해보고 자기 판단을 돌아볼 수 있는 권리가 필요하다는 것이다.

〈아테네 학당〉. 레오나르도 다빈치, 미켈란젤로와 더불어 르네상스 3대 거장으로 불리는 라파엘로의 작품으로, 바티칸 미술관 '스텐차 델라 세나투라'에 소장되어 있다. 국립현대미술관 강수정 학예연구관의 설명을 들어보자. "〈아테네 학당〉은 고대 그리스의 철인, 학자들이 학당에 모여서 인간의 학문과 이성의 진리를 추구하고 있는 모습을 표현하고 있다. 관념 세계를 대표하는 플라톤은 손으로 하늘을 가리키고 있고, 아리스토텔레스는 팔을 올리며 과학과 자연계의 탐구를 상징하고 있다. 그 주변에는 제자들이 둘러싸고 있고, 그 아래 계단 한가운데에 누워 있는 인물은 무욕의 철학자 디오게네스이며, 화면의 우측 전면에는 컴퍼스를 들고 네 명의 제자와 연구하고 있는 그리스의 기하학자 유클리드가 있다. 이와 대칭되는 좌측에는 피타고라스와 그 제자들을 볼 수 있다." 라파엘로가 철학자, 천문학자, 수학자들을 한 화폭에 담은 이유는 무엇일까? 그것은 인물이 아니라 시대를 관통하는 온갖 '사유'들을 한데 모아 '유토피아'를 추구하려는 그의 이상이었을 것이다.

피렌체의 재벌

삼성이 국보 등 지정문화재가 다수 포함된 고미술품과 국내 유명 작가의 근대미술품 및 세계적 거장들의 작품 2만 3,000여 점을 국가에 기증했다. 이건희 회장이 평생 모은 '이건희 컬렉션'이다. 언론은 이를 두고 '세기의 기증'이라고 표현했다. 기증품에 국보와 보물은 물론 알베르토 자코메티, 파블로 피카소, 앤디 워홀 등 세계적인 거장의 작품 수천 점이 포함되어 있으니 '세기의 기증'이라 해도 과언은 아니다. 그러나 왜 이 지점에서 메디치가 떠오르는 걸까?

메디치를 후세에 기억되게 한 것은 코시모 데 메디치의 학문과 예술에 대한 열정이었다. 그가 세운 유럽 최초의 공립도서관인 메디치 도서관에는 수만 권의 장서와 희귀본이 보관되어 있고, 이는 유럽 문명에 지대한 영향을 미쳤다. 그는 예술 진흥을 위해서도 노력을 아끼지 않았는데, 도나텔로, 브루넬레스키, 미켈로초 등 르네상스 거장들의 작품 활동을 지원했다. 당시 건축가, 조각가, 화가들은 오늘날과 같은 의미의 예술가라기보다는 수공업 장인에 가까운 처지여서 사회적 위상은 높지 않았다. 그러나 코시모는 그들과 교류하며 지원을 아끼지 않았다. 140년에 걸쳐 만들어진 '산타 마리아 델 피오레 대성당'. 성당의 지붕은 지름 42m, 높이 136m의 웅장하고 화려한 돔으로 덮여 있다. 세계 7대 불가사의에 이어 여덟 번째 기적으로 불리는 이 돔은 건축가 브루넬레스키가 16년 만에 완성했는데, 이 작업을 코시모 데 메디치가 지원했다. 코시모가 죽은 후 피렌체 시민들은 그에게 '파테르 파트리아이(國父)'라는 칭호를 바쳤다.

'위대한 로렌초'라 불리는 로렌초 데 메디치는 코시모 데 메디치의 손자다. 그의 시대에 메디치 가문은 전성기를 구가했고, 이탈리아 르네상스도 절정을 이루었다. 어릴 적부터 당대 최고의 석학들에 둘러싸여 공부한 로렌초는 인본주의 발전을 위해 노력했다. 그는 고전 작품을 수집하기 위해 그리스까지 사람을 보내는 등, 할아버지 코시모가 세운 메디치 도서관에 인류의 지식이 담긴 고서적들을 모았고, 고서적들의 복사본을 만들어 유럽 전역에 지식을 보급했다. 또한 그는 르네상스의 거장으로 꼽히는 미켈란젤로, 레오나르도 다 빈치, 산드로 보티첼리, 안드레아 델 베로키오 등을 후원했다. 그의 후원은 피렌체가 르네상스 운동의 중심지가 되는 데 중요한 역할을 했다. 로렌초가 없었다면 바티칸 시스티나 대성당에 걸린 미켈란젤로의 불후의 명작 '최후의 심판'이 탄생하지 않았을지도 모른다.

삼성의 '이건희 컬렉션' 기증은 메디치의 공헌처럼 사회·문화적으로도 매우 의미 있고 가치 있는 일이다. 다만 삼성과 메디치의 차이가 있다면, 삼성은 '세계적인 거장들의 작품'을 사회에 기증했지만, 메디치는 '세계적인 거장'을 사회에 기증했다는 점이다. 메디치는 '이름 없는 장인'을 후원하여 이들을 거장으로 만들고, 이 거장들이 사회에 걸작을 남긴 것이다. 삼성을 보면서 메디치가 떠오른 이유는 이 점이 아쉽기 때문이다. 삼성이 메디치처럼 행동한다면 '이건희 컬렉션'을 넘어선 '세기의 기증'이 계속될 것이다.

근래 들어 한국의 재벌들도 인재 양성에 깊은 관심을 보이고 있고, 대학을 비롯한 교육기관에 상당한 금액을 기부하고 있다. 그러나 대부분의 기부는 용도가 특정되지 않은 채 기부됨으로써 분산 투자되어 인재 양성에는 비효과적이다. 따라서 재벌별로 지원 분야를 차별화하고 기부금의 사용 용도를 특정 분야 인재 양성에 한정하여 기부한다면 미래 한국을 이끌 다양한 분야의 핵심 인재들이 효과적으로 양성되지 않을까. 피렌체 재벌 메디치를 떠올리며 든 생각이다.

한가한 소리

"바보같이 살아도 큰일 나지 않고, 좀 논다고 굶어 죽지 않더라." 그래? 구미가 당겨 읽어봤다. 광고회사 카피라이터 남편과 출판사 다니는 아내 이야기였다. 부부는 '회사를 안 다니면 정말 굶게 될까?'라는 질문을 오래전부터 마음에 품고 있었다고 한다. 부부는 회사를 그만두고 좋아하는 일, 하고 싶은 일을 했다. 책을 읽고, 글을 쓰고, 수다를 떨고, 친구들을 불러 집밥을 먹고… 그래도 부부는 큰일이 나지도 않았고 굶어 죽지도 않았다. 그러나 흉내 내면 안 된다. 남편은 좀 놀면서도 반응이 좋은 책을 3권이나 낼 만큼 재능이 있고, 아내도 기자를 거쳐

출판사 기획자로 일하며 50여 권의 책을 펴낸 사람이다.

어떤 분이 부처님의 '무재칠보시(無才七報施)'를 듣고 "복잡했던 마음이 단순해지면서 편안해지는 것을 느꼈다"고 했다. 재물이 없어도 환한 얼굴로 정답게 남을 대하고, 사랑·칭찬·위로·격려의 말을 해주고, 따뜻한 마음을 주고, 다정하고 부드러운 눈빛으로 바라보고, 짐을 들어주는 등 몸으로 도와주고, 자리를 양보하고, 묻지 않고 상대의 마음을 헤아려 도와준다는 무재칠보시. 이를 듣고 복잡했던 마음이 단순해지면서 편안해지는 것을 느끼려면 그분처럼 남해안과 지리산 주변 풍광 좋고 고즈넉한 마을 몇 곳을 한가로이 여행할 수 있고, 산사를 나와 주변을 트레킹하다가 허름한 식당을 발견하면 동동주와 고추전을 시킬 수 있는 사람은 되어야 한다.

은퇴연구소 소장이라는 분이 노후에 필요한 다섯 가지를 5F로 정리했다. 5F는 Finance, Field, Fun, Friend, Fitness다. 그분은 이 다섯 가지를 '오자'로 정리했는데, '오자'는 '놀자, 쓰자, 베풀자, 웃자, 걷자'라고 한다. 일리가 있다 싶어 고개를 끄

덕이다가 문득 쓴웃음이 났다. 보통 사람이 늙어서 마음 놓고 할 수 있는 '자'는 몇 개나 될까? 그분은 미국 유명 대학에서 박사학위를 받은 재력 있는 경제 전문가다.

"폭염에도 산중 나뭇가지 끝자락에 바람이 일고, 바위 틈새에서 샘물이 솟는다. 한여름에도 에어컨 없이 시원한 바람을 느끼고, 정수기 없이 마음껏 샘물을 마실 수 있는 곳에 산다는 건 큰 행복이다." 어떤 스님이 신문에 기고한 글이다. 스님은 "삶이 평화로우면 발걸음 하나에도, 손길 하나에도 여유로움이 깃든다"라고 했다. 스님이니 할 수 있는 말이다. 대중의 삶은 평화롭지도, 여유롭지도 않다.

괜한 트집을 잡는 것 같아 미안한 마음이 들기도 하지만, 추위가 꽃이 피는 것을 시샘한다는 꽃샘추위라는 단어도 있으니 그냥 웃어넘겨주면 좋겠다. 그렇지만 저런 말이나 글이 고단한 삶을 사는 사람들에게 달갑지 않은 것만은 분명하다. 논문을 쓴 것도 아니고 저잣거리에서 확성기를 들고 소리친 것도 아니니 굳이 시시비비를 가릴 이유는 없지만, 며칠 전에 본 신문 기사가 함께 떠올라 마음이 편치 않다.

고령화가 가속되고 있는 탓인지 시니어들을 대상으로 한 기사나 뉴스들이 많아졌다. 그중 하나가 "은퇴 후 월 ○○○만 원 필요!"와 같은 은퇴 후 생활비와 관련된 것이다. 그 액수가 중산층의 월평균 소득에 가까운 액수라는 게 황당하기도 하지만 조사 대상도 황당하다. 20대, 30대도 조사 대상에 포함되어 있는데, 은퇴 후의 생활에 대해서 잘 알지도 못한 그들의 응답이 과연 타당한 것일까? 모든 말은 현실에 뿌리를 둬야 한다. 그렇지 못하면 모두 한가한 소리다.

호들갑을 떨 필요는 없다

인공지능이 핵폭탄보다 위험하다. 일론 머스크의 말이다. 핵폭탄을 개발한 오펜하이머의 일대기를 영화화한 크리스토퍼 놀란 감독도 인공지능 연구자들이 오펜하이머와 비슷하다고 했다. 그렇다면 천재적인 인공지능 연구자들이 존재하고, 그들이 핵폭탄과 맞먹는 위력을 가진 인공지능을 개발했다고 가정해보자. 그 인공지능이 독립 의지로 인류를 위협할 수 있을까? 그렇지 못할 것이다. 인공지능을 통제하는 주체는 인공지능이 아니라 사람이기 때문이다. 원자폭탄을 개발한 오펜하이머도 미국 사막 한복판에서 이루어진 실험에서 원자폭탄의 엄청난 위력을 보고 전쟁을 끝낼 수 있다는 기대감과 동시에 앞으로 다가올 참극에 대한 두려움을 느꼈다. 그는 "나는 이제 죽음이요, 세상의 파괴자가 되었다"라며 한탄했다. 그러나 원자폭탄은 제2차 세계대전을 끝내기 위해 1945년에 두 차례만 사용됐을 뿐 그 후로는 사용되지 않았다.

호들갑을 떨 필요도 없고 겁먹을 필요도 없다. 스코틀랜드의 프로축구 경기장에 공의 움직임을 스스로 따라가며 촬영하는 인공지능 카메라가 설치됐다. 문제없이 작동하던 카메라가 어느 날 공을 따라가다가 선심이 움직이면 자꾸 선심을 따라갔다. 왜 그랬을까? 선심이 '대머리'였고, 인공지능이 선심의 번들거리는 대머리를 축구공으로 인식한 것이다. TV 중계로 경기를 보던 팬들은 불편했을 법한데도 이 웃지 못할 상황을 즐긴 것으로 알려졌다. 팬들은 "다음부터 대머리 심판들은 모자를 써야 한다"라고 농담을 했다고 한다.

미국 캘리포니아에 '미래의 길'이라는 교회가 설립됐다. 구글의 자율주행차 개발 엔지니어였던 앤서니 레반도브스키가 건

립한 교회다. 이 교회의 목적은 인공지능에 기반한 '신성'의 실현과 수용, 경배를 통해 사회 발전에 기여하는 것이다. 인간보다 훨씬 똑똑한 지능을 가진 '초지능 기계'의 출현을 믿고 이를 섬기는 교회다. 그러나 교회는 5년 만에 폐쇄됐다. 레반도브스키는 경찰의 과잉 진압으로 사망한 조지 플로이드 사건으로 촉발된 'Black Lives Matter' 운동을 보고, 교회 재산을 지금 당장 필요한 곳에 투입하기 위해 교회를 폐쇄했다고 하면서도, 오래전부터 교회를 폐쇄하려고 생각해왔고 앞으로도 교회를 재건할 계획은 없다고 했다.

인공지능이 지배하는 시대는 오지 않는다. 인간의 시대에 인공지능이 필요에 따라 편입될 뿐이다. 우리는 인공지능이 가져올 부분적인 변화를 예측하고 대비하면 그만이다. 한양대 연구진이 곤돌라 없이도 사람이 작업하듯 스스로 줄을 타고 이동하며 건물 외벽을 청소하는 로봇을 개발했다. 로봇의 이름은 'Edelstro'. 보석을 뜻하는 'Edel'과 장인을 뜻하는 Maestro의 합성어로, 건물주에게는 보석과도 같은 건물을 장인의 손길로 관리하겠다는 뜻이라고 한다. 아무래도 좋다.

'Edelstro'가 유리창을 깨끗하게 닦아준 덕분에 건물주가 가을 하늘에 흐르는 양털구름을 빠뜨림 없이 볼 수만 있다면 더 근사한 이름을 붙여줘도 괜찮다. 그러나 'Edelstro'의 역할은 거기까지다.

AI를 거부할 필요는 없다. 인공지능과 인간의 협력은 다양한 분야에서 혁명을 일으킬 수 있는 잠재력을 가지고 있다. 잠재력을 최대한 활용하는 열쇠는 AI의 강점을 포용함으로써 기술이 인간의 진보와 혁신을 위한 촉매 역할을 하도록 하는 것이다. 단, AI 활용에 있어서 투명성, 공정성, 책임성 등 윤리적 원칙을 신중하게 고려하고, AI로 인해 사라질 일자리와 새로 창출될 일자리에 대한 대응 방안을 수립해 고용에 미치는 부정적 영향을 최소화하면 된다.

혼자만 행복하다는 것은

인간은 허약하다. 사자나 호랑이처럼 강하고 자립적인 존재가 아니다. 힘없는 아이로 태어나 어찌어찌 살다가 다시 힘없는 노인이 되어 죽는다. 이것이 삶의 근원적 현실이다. 따라서 허약한 존재끼리 연대해서 살아야 한다. "내가 사람이 되어 살아갈 수 있었던 것은 내 힘으로, 스스로 보살필 수 있어서가 아니라, 지나가던 사람과 그의 아내가 나를 위해 사랑과 온정을 베풀어주었기 때문"이라는 톨스토이의 말처럼 따뜻한 몸과 마음으로 서로를 보듬고 살아야 한다.

고양이 소르바스가 기름에 오염돼 죽어가는 갈매기에게 "알을 낳으면 먹지 않고 부화시켜 새끼에게 '나는 법'을 가르쳐주겠다"고 약속한다. 갈매기는 알을 낳자마자 죽고, 고양이는 정성을 다해 알을 부화시킨 후 새끼 갈매기와 함께 온갖 난관을 극복하며 약속을 지켜나간다. 그러나 한 번도 날아본 적이 없는 고양이에게 '나는 법'을 가르치는 일은 너무 어려웠다. 고양이는 백과사전을 뒤적이며 새끼 갈매기에게 '나는 법'을 가르치지만 모두 실패로 끝난다. 하는 수 없이 고양이는 인간을 멀리하라는 금기를 깨고 한 시인의 도움을 받아 다른 고양이들과 함께 새끼 갈매기에게 '나는 법'을 가르친다. 첫 비행을 앞두고 두려움에 떠는 새끼 갈매기에게 고양이는 말한다. "날개만으로 날 수 있는 건 아냐! 오직 날려고 노력할 때만이 날 수 있는 거지." 마침내 새끼 갈매기는 난간을 박차고 비가 내리는 밤하늘을 세차게 날아오른다. 루이스 세풀베다의 소설 《갈매기에게 나는 법을 가르쳐준 고양이》에 나오는 이야기다.

빗방울에 맞아 죽은 나비를 보았는가. 무게로만 따진다면 빗방울은 나비에게 폭탄과도 같다. 그런데도 비 내린 뒤에 빗방울에 맞아 죽은 나비 사체는 어디에도 보이지 않는다. 나비 날개의 미세구조가 빗방울을 분쇄해 퍼뜨림으로써 충격을 줄여주기 때문이다. 우리 사회에도 자신의 힘으로는 지탱하기 어려운 곤란을 이고 사는 사람들이 많다. 이들을 구제하기 위해서는 나비의 날개와 같이 정교한 사회적 안전망을 짜야 한다. 그 안전망으로 그들의 곤란을 포용하여 함께 살 수 있는 길로 나아가야 한다.

지중해 항구도시 '오랑'에 페스트가 번지고 공포가 절정에 달해 도시가 봉쇄된다. 절망과 광기로 오랑은 점점 잔혹한 도시로 변하지만, 혼란 속에서도 희망을 놓지 않고 페스트에 맞서서 싸우는 사람들이 있다. 그중 한 사람이 랑베르다. 랑베르는 취재차 오랑을 방문했다가 도시의 봉쇄로 오랑에 갇힌 기자다. 처음에는 랑베르도 오랑을 탈출하려고 기를 쓰지만 결국에는 떠나지 않고 페스트와 싸운다. 랑베르는 왜 오랑을 떠나지 않았을까? 랑베르는 그 이유를 "자기만 살기 위해 이곳을 떠난다면 평생 부끄러운 마음을 지울 수가 없을 것이고, 혼자만 행복하다는 것은 부끄러운 일"이라고 했다. 알베르 카뮈의

《페스트》에 나오는 이야기다.

서로 연대하고 사랑해야 한다. 지금까지 자기만을 위해 살아왔다면 이제는 주위를 둘러봐야 한다. 각자도생의 원리에 갇혀 경쟁만을 일삼는 개별주의적 존재론으로는 안 된다. 관계가 먼저 존재하고, 그렇기에 내가 있을 수 있다는 관계론적 존재론을 받아들여야 한다. "내가 사람이 되어 살아갈 수 있었던 것은 내 힘으로, 스스로 보살필 수 있어서가 아니라, 지나가던 사람과 그의 아내가 나를 위해 사랑과 온정을 베풀어주었기 때문"이라는 톨스토이의 말을 다시 새겨야 한다.

내 본새에 과한 사랑을 받았다. 고맙다.

나도 죽어서 의자로 남고 싶다.

쉬어가라고.